Senryu is Great

# 川柳は凄い

大野風柳

Senryu ha sugoi

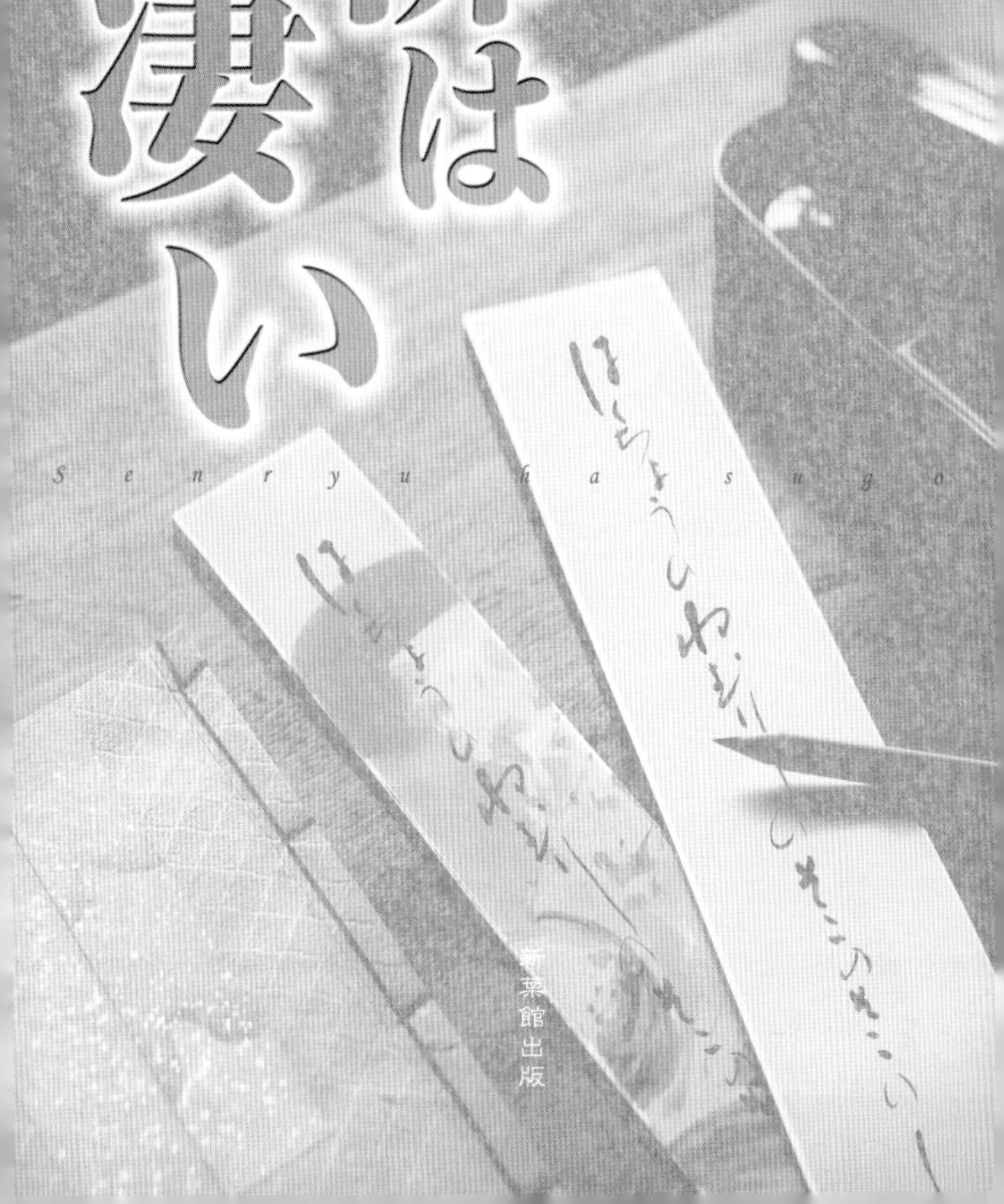

新葉館出版

# はじめに

『川柳マガジン』に、現代川柳時評を書き始めてから十二年にもなる。

実はその前にも『オール川柳』に四年半に亘って時評を書いたので、今回の分を加えると十六年六カ月、この時評を書きつづけた。つまり、この書は四冊目となる。

毎月一回の時評執筆は、私にとって実に残酷な仕事だったと思う。しかし、いま考えてみると、一カ月の中にはいろいろなことが起こり、また消えていくことを知った。

この残酷ものがたりも振り返ってみると、私にとって最高の宝ものと言える。

これも長年、文字として書き残してきたからに尽きよう。

一つだけ残念なことは、書いただけに終わっていることで、十七年前も今も、同じ課題が目の前に立ちふさがっている。それほど変えることの難しさを悟ることができた。

これからもこの時評を書かせていただき、少しでも川柳への提言として、みなさんと考えていきたいと思っている。ご愛読をお願いする。

著　者

# 川柳は凄い■目次 Senryu-ha sugoi



川柳は凄い

## II　真のホンモノとは自分のホンモノに気づくこと　45



## III　川柳家よ、老いを自覚し生かしなさい！　81

## VII

# 川柳は凄い

# I 川柳は凄い

## 川柳は読んで貰わなければ意味がない

# 外からの刺激を

2010-05　No.108

平成二十二年四月一日のテレビの〝あなたが聴きたい！　歌の四時間スペシャル〟で、歌手の皆さんが次の世代に残したい名曲を自分で選び歌い継いでゆく――という番組があった。私が興味を持ったのは、自分の持ち歌以外の曲を選び、それを歌ったことである。誰が誰の歌を選んで歌うのか。その一部を挙げると、森昌子が美空ひばりを、都はるみはジュリーを、西田敏行がフランク永井を、五木ひろしが石原裕次郎を、堀内孝雄が中村雅俊を、布施明が尾崎豊を――といったように、その歌手の組み合わせがとても面白かった。なんとなく分かるようで、また何故？　と不思議に思ってみたり、とても楽しい番組であった。

何故、現代川柳時評で歌謡番組に触れるのかと思う人も多いと思うが、私は前述の〝次の世代に残したい名曲〟の文字に引かれたのである。

そして〝次の世代に残したい川柳〟を忘れていたことに気づいた。

実際に〝次の世代に残したい名曲〟を聴いていて、それは歌手たちが若かった時代、苦しかった時代に、自分を励ましてくれたと思われる歌が多かったように思う。

つまりそれは自分への応援歌であり「ああ、この歌手にはこんな調べが、こんな歌詞に元気づけられたのか」と、そんな気がしてならなかった。


さて、川柳の場合は昭和三十年代の伝統と革新の対立が激しく、活発な議論が交わされていた。

年齢的にも皆若かった。論客も多く、各川柳誌上には作品を俎上にあげて、これまた激しい論議が行なわれたものである。

短歌、俳句側からも川柳を話題として山村祐、河野春三、今井鴨平らの論客が、短歌誌、俳句誌にも執筆、詩人であった高鷲亜鈍（本名・藤村青一）などは、詩と川柳の違いについての考え方をきちんと持ちながら川柳論を展開していた。

時代がそうさせたとは言え、凄まじい情況だった。

さて、現代の短詩型文芸はどうであろうか。川柳に絞ってみれば、巨大な数で押し寄せてくる公募川柳だけをみても、避けては通れない大きな問題と言える。

どこかで、誰かがまず議論のテーマとして取り上げなければならない時が来ている。

私はいま、日野原重明先生の新老人の会に関わり、会報の川柳欄を担当している。

正直に言わせていただけば、今の私の大きな目標に、日野原先生の存在がある。

その先生の語録にこんなものがある。


「年を重ねるごとに自分に投資できる時間が増えています。

それは誰に邂逅するか、どのようなものに出会うかによって拓かれます。

新しい友を意識的に探し、出会い〝邂逅〟を大切に、しかもその中に若い人を抱き込むことを積極的にやっていくことです。

若い人たちと交うスキルを持つ。私自身は新しいことに挑戦して学びながら、そこでよりよい生き方を実験しています。」


現在九十八歳の日野原先生は好んで児童の中に入って子供たちと語り合い、共に行動しよりよい生き方を実験しているとおっしゃる。

まさに私たちもこの辺を学ばなければならない。

## 川柳人間――礒野いさむさん

2010-06 No.109

番傘川柳本社主幹の礒野いさむさんが、くらわんか番傘三十周年に寄せて『川柳人間――礒野いさむ／あのころとこのごろの句』という句文集を出版された。

それを記念して四月二十九日に、ホテル大阪ベイタワーで記念川柳大会が盛大に開かれた。

その数日前に私宛にその句文集が送られてきて、亡き今川乱魚さんの代わりに祝辞と鑑賞を引き受けて欲しいと依頼された。

今川乱魚さんの代役を全日本川柳協会理事長として私は喜んでお引き受けした。

礒野いさむさんの句文集であればなおさらのことだった。

私の川柳入門は九州の別府番傘川柳会であった。

昭和二十一年に、私はひょんなことで別府番傘の「川柳文化」に入門した。主幹は内藤凡柳さんで、そこに同人が綺羅星のごとく居並んでいた。その中の一人・手嶋吾郎さんは今でも文通をさせて貰っている。

そして、「番傘」という大結社も知った。新潟の本屋の店頭で「番傘」誌を見つけ買い求めて入会した。そして岸本水府選に挑んだ。

今回、礒野いさむさんの文を読んで驚いた。いさむさんも昭和十年に梅田阪急百貨店一階書籍売場で「番傘」を発見、それを購入したのが「番傘」との出会いだったという。奇妙な縁だと思った。

いさむさんと私とは丁度十歳開きがあり、同じくらいの年齢で「番傘」と出会っている。そしていさむさんは四年後に四句入選したと喜んでいらっしゃった。私の方は三年後に柳都川柳会を結成した時点で「番傘」への投句は終わった。

またこの句文集は実にユニークな編集であり、対談（礒野いさむ／住田英比古）をはじめ「番傘」巻頭言、句集の序文集などなど肩のこらない礒野いさむ流のペンの流れが目立つ。プロの編集だと思った。

私も社内同人らの句集の序文を書くとき句評よりも人物から語りはじめるようにしている。いさむさんの序文も実に自由そのもので、ときには井伏鱒二の小説が出たり、ＮＨＫ衛星放送の映画劇場や、キネマ旬報、更にご自分が住んでおられる枚方市香里ケ丘の坂道などが出現し、読む人の心を掴む術を見事に心得ておられる。

番傘の毎年の巻頭言も全くそうだ。文学はもちろん、美術からスポーツ、社会時報、また番傘同人らに至る盛り沢山の情報である。その書きようがとても自然で凄い。そこには知識の披露は全くなく、読む人の心を包み込むから凄いのである。

番傘主幹を二十七年も続けられている秘密がその辺にあるのかもしれない。

この句文集の中で私が一番興味があったのは、本田智彦さんと編集者の黒川孤遊さんの〝ほめたりけなしたり〟である。

ほめる方で本田智彦さんは次のように書いていらっしゃる。

『礒野いさむ主幹が日川協の大会委員長としてあいさつの中で述べた〝地元ＰＲ〟を紹介しておく。

平成十九年栃木大会／私の住む枚方には〝くらわんか番傘〟があります。最近は嫌な話題（市長逮捕）もありますが、川柳の盛んな町で、歴史的にも知名度の高い町です。

平成二十一年札幌大会／私が住む町を走る京阪電車が札幌のホテルを新築した。大阪、関西、北海道が一丸となって栄えるだろう。』

反対にけなしたりの方では黒川孤遊さんはこう書いている。

『ほっとした。うまい酒が飲める。昨年十一月から四ヵ月、編集の手伝いを終えた。九十二歳の主幹は、原稿の締め切りは忘却の彼方、二十数年の同人近詠選者から解き放たれて、句文集を忘れたかのように、映画、芝居、句会と元気であった。

二度にわたる私の文書による抗議も、言い方は汚いが蛙の面に云々。長生きの秘訣を態度で示してくれた。七十数年の〝川柳大人〟の風格と言ってもいいだろう。

川柳関係の本としては例を見ない構成、内容となった。〝川柳人間・礒野いさむ〟を読み取っていただきたい。』

なんとすばらしい、愉快な一ページではないか。私も徐々に大阪人が好きになりそうである。大阪はとてもいいところだ。

もうひとつ紹介したいことがある。

私が日川協の理事長に就任して、大阪の事務所へ挨拶を兼ねて訪問した。そのとき本田事務局長は礒野いさむさんを呼んでくださった。

お昼を食べに出かけるとき、いさむさんが「風柳さんにみせたいものがある」とおっしゃって、近くの本屋へ私を連れて行かれた。そこには店先に出店のように特別本を飾ってあった。それは大阪に関わる本ばかりで、それを私に見せたいのだ。私の頭の中にはこれからの仕事がいっぱいでそれどころではない。

いさむさんは私に大阪のことを知って欲しいのだ。こんなにすばらしい大阪を理解して欲しい。それでいっぱいなのだ。

自分の大好きな大阪、それを少しでも分かって欲しいのだ。

その思いを知ったとき、私はこれが関西の川柳だとひとりうなずいていた。

最後にこの句文集のあとがきを紹介したい。

『昭和十七年に岸本水府さんの秘書、番傘川柳社〝番傘〟の編集に雇用されて、住吉公園の水府居へ通勤することになった。

番傘は水府さんの個人経営なので文学青年の私は水府さんの指示通り作動して〝番傘〟の編集部長として全国柳界と交遊通信に当り、北梅田の印刷所通いで番傘月刊に従事した。広告のプロで文化人として知名度の高い水府さんのお供をして多方面に動き、教えられることが多々あった。（中略）

天皇陛下のお告げをラジオで山田菊人と聞いた。焼け残った私宅の電話六六四八番へ柳友たちの連絡があり、無事だった番傘同人の訪問を受けた。近江砂人、岩井三窓、勝間長人、青木史呂と交遊が復活して、番傘川柳再起、復活に協力を誓い、私宅で二十年九月に初句会を催して作句、歓談して弾んだ。（後略）』まさに川柳人間だらけである。

この句文集の中には、どのページにも岸本水府が呼吸していると思うのは私だけではなかろう。

いま私はあの岸本水府追悼号の番傘の表紙のお顔をはっきりと思い出すのである。

# 俳句のおもしろさ



私は、毎年五月になるとワクワクしてくる。

それは北上市の〝詩歌文学館賞贈賞式〟に参加できるからである。

そして毎年、「川柳マガジン」でその感想のようなものを書いてきた。

この贈賞式は、前年度で詩、短歌、俳句の詩集、歌集、句集の中から審査の結果、優れているものに贈られるものである。

私はそこでの審査の言葉、受賞者の言葉はもちろんであるが、審査の人、受賞された人にとても興味を持っている。更に詩の傾向や、短歌、俳句の現状を知るにはまたとないチャンスでもある。

今年も、前述のワクワク気分を十分に満喫することができた。

受賞者は詩部門では有田忠郎氏、短歌部門は田井安曇氏、俳句部門は星野麥丘人氏である。

今年は特に「オヤッ」と思ったのは俳句部門だった。

当日配布された小冊子には、受賞された各作品の中から短歌、俳句では約四十首、四十句が掲載されてあった。その俳句作品に「オヤッ」と思ったのである。

星野麥丘人氏の受賞の言葉には
「私は戦後間もないころ縁あって俳句の道に入った者です。その時、俳句は石田波郷だぞ、と先輩俳人に言われるまま、波郷の『鶴』に投句したのが始まりです。そのまま六十余年が経ち、私は今年の三月で八十五歳を迎えました。紛れもない老俳人であります。（後略）」

と書かれている。

現在は石田波郷、石塚友二のあとの『鶴』主宰を継承されている。

私が「オヤッ」と思ったのは、作品四十句の中の次の俳句作品である。

　大事なことはそのまま墓もまた
　皆小さくなりひまはりもその一つ
　気掛といへば気がかり蜘蛛の巣も
　明日あたりどんぐり拾ふことせむか

鶏頭を詠まねばなにもはじまらず
木の実落つ待つことなにもなかりけり
ぎんなんはいただくものや待ってゐる
好きやねん大根畑葱畑
鞄より赤い風船いつ出さむ

更に驚いたのは、
餅食べて妻は家出をするといふ
である。

審査員三名を代表して友岡子郷氏も「餅食べて」の句を読み上げたとき、この句は川柳に似ているなどとふっとおっしゃっているのである。

かつては俳句の世界では、褒め言葉の中で「川柳に似ている」という表現は聞けなかったと思う。

小冊子の講評にも、
「こんなおもしろい句にはめったに出会わない。〝餅食べて〟の飛躍、平俗にいて平俗をこえている」と書いている。

私もほんとうにおもしろいと思う。この「おもしろい」というのが川柳の「おもしろさ」と言ってもよかろう。

また《ぎんなんはいただくものや待っている》の作品についても、

「おやおやと思い、だれにもある心根を突いていると思う」と講評されている。

更に子郷氏は講評の最後にこのようにまとめている。

「この一集を読んで驚いたことがある。それは横文字（カタカナ書き）の人名が数多く詠まれていることだ。文学、音楽、絵画等々。筆者は分野をこえて芸術への関心と素養を持つ人であろう。句の豊かさの素地である」と。

聞くところによれば日本現代詩歌文学館二十周年を記念する、もうひとつの行事として、今秋に〝詩歌の仮名遣い／旧かなの魅力〟というシンポジウムを開催するという。

前記の俳句の旧かな遣いを見たとき、ここに俳句と川柳の違いがあるような直感が働いた。ぜひこのシンポジウムも聞きたいものである。

短詩型もだんだんおもしろくなっていくのが楽しみである。

またワクワク気分になってきた。

## やはり本音でいこう

2010-08　No.111

このたび「オール川柳」「川柳マガジン」で書きつづけてきた私の〝現代川柳時評〟の第三弾「川柳を、はじめなさい！」を出版した。

第二弾の「川柳よ、変わりなさい！」以後の五十二回分である。私はこの原稿の校正のため、読み終わったあと素直に手を合わせていた。

それは実に自然な行為であった。その手を合わせている自分を静かに振り返ってみると、書かせて貰った感謝のためと、もうひとつは書きつづけた自分への合掌であった。この書のはじめにも書いたが、

「やはり書いておくことはすばらしいこと」で、文だけではなく、句も然り、絶対に文字として残しておくことだと、しみじみ考えさせられた。

そして、書いたものを自分以外の人たちに読んで貰うこと、読んで貰わなければいくら秀句や名句であっても全く意味がないと知った。

今月は、サッカーと大相撲のニュースに振り回された。

とくに岡田ジャパンのサッカーに日本国中が夢中になった。

そして、試合に勝ったときの感動よりも、試合に負けたときの感動を味わうことができた。

スポーツはとくに勝たねばならないもの、勝ってはじめて存在するものと知りながら、負けた中での感動を体感できた。

あの延長三十分後のＰＫ戦は息をのんで観ていた。そして負けた瞬間、いままで味わったことのない感動に包まれた。

よく言われているチームワークを乗り越えた感動である。ひとりひとりが出し切ったエネルギーへの感動である。

試合後の「もう一試合やらせてあげたかった」という岡田監督の表情も美しかった。

誰が言ったか、私も興奮していたので憶えていないが、「これからは、一人で戦える人を育てることだ」が強烈に頭に残った。

もちろん、チームの力も大事だが、私はこのことばに共鳴した。

そして、やはり個の力、個として果たせる力があって、チームワークが生きる――これは文芸の世界でも考えなければならぬことである。

チームワークの世界でも、この〝一人で戦える人を育てる〟ことをもう一度考えることであろう。

私はこの六月から全日本川柳協会の会長に推されて、いま静かに歩き出している。

ひとつの吟社の主幹を六十余年つづけているので、やるべきこと、やらなくていいことは十分知りつくしているが、この大きな組織の運営は私にとってはじめての経験でもある。

何事においても人間がすることであり、その人を知ることができたのも「川柳」のおかげである。四月、五月と会長代行の立場で東京や大阪を数回にわたり回ってみて、ひとつのことに気づいた。

それは、東京と大阪での大会選者の選句結果の比較についてである。もともと東と西の川柳には違いがあり、その違いのバランスを私は常に考えてきた。つまり両者の違いを、私は日本の川柳の幅として、むしろ大切に思っていた。わずか数回の出席で結論などは出せないが、東の選者と西の選者とに共通の選句が感じられたことは、私にとって大きなショックであった。

私は元来、地方によって川柳は違うべきだという考えである。北海道と九州では違っていい。いや違うべきだという考えでいる。東京と大阪も、言わずとも違うべきであろう。東京の大会に出席し、すぐ翌日に大阪の大会で選者の披講を聞いても、あまり違和感がないのである。

これは実に大きな問題と言える。

昔は違っていた。世に言う六大家が厳然と存在し、それぞれがその人の頑固さで仕切っていた。またその頑固さに共鳴した弟子たちがその師を慕い、その後を走っていた。東と西の大会では、当然雰囲気は違う。私は雰囲気よりやはり選者の選句の違いを尊重したいのである。

と同様に、東北は東北の、北陸は北陸の川柳を発表して欲しい。と同様に四国、九州もそう言える。沖縄に至っては当然である。そこに生活し、生き抜く人たちの叫びが尊いと思う。あまりにも全国大会というものが多く存在し、しかもそこでの作品が日本の川柳の代表になる現状に、正直私の川柳観にブレがあってはいけないと思いながら、日川協会長の本音を少々書いてみた。

問題はこれからである。私もひとりの川柳作家として曲げてはいけないものと、曲げて改めるべきことをしっかりと整理をしていきたい。

ペンがついつい走ってしまった。これも私の性分なのである。

2010-09 No.112

## ペンの走りに任せて

新潟のＮＨＫ文化センターで、人気講座の講師の中から他の講座の受講生の参加を得て〝特別講演会〟を開いている。

八月七日、私は講師を依頼されてその特別トークを行なった。

ちょうど新潟まつりの真っ最中、しかも午後とあって参加者は少なかったが、参加された方々には「川柳」という文芸を十二分に知っていただけたと思う。

集まった人たちは、俳句をやってますとかマッサージの訓練中とか、それぞれ常連の会の会員でもあった。

私のテーマは『新しい自分との出会いを』で、川柳というものを通して、新しい自分に気付いて欲しい、その新しい自分を大切にしてあげて欲しい。それが私の願いであった。

緊張して入って来た女性の一人が、にこやかに「他の教室と違った、ホッとした雰囲気で安心しました。これが川柳なんですね」と言ってくださった。嬉しかった。

やはりまだ川柳というと「あんなもの」という先入観があるようだ。それは最近のテレビ番組の五・七・五の下五探しが大きな影響を与えているようだ。

私は子どもの頃から「作文」(当時は綴り方と称していた)が大の苦手だったこと、更に人前で話すことが大嫌いだったことを話した。学校では国語、漢文の成績が一番悪く、化学、物理、数学の理数系が得意だったことも伝えた。皆さんはへぇーという顔で聞いていた。

ひょんなことで短歌を作ろうと思ったが、いくら書いても五・七・五で終わってしまう。あとの七・七が出ないというより必要がないのである。旧制中学五年生のときに学徒動員で名古屋の飛行機の車輪製造工場へ引っぱられた。その時、全国から集まった学徒動員たちが投稿できる機関誌の文芸欄に私は川柳を投稿して入選し、私の名前よりも三条中学という学校名が出ることを喜んでいた。

本当に普通の中学生だったことを強調して、社会人になると同時に川柳誌「柳都」を創刊し、川柳の世界での新しい自分との出会いを語りつづけた。

職業としての仕事と、趣味の川柳の二つを常に持ちつづけ、この二つのバランスを図りながら、あるときは風柳を英雄が支え、ときには英雄を風柳が助けてきた。

川柳とは人間を詠うもの、人間の「喜・怒・哀・楽」を表現するもの、これが私を更に夢中にさせたし、人間に興味を持ち、それが関心となり、最後には人間が大好きになったと語った。

会社の方の仕事も紙の研究から、人を育てる人事教育の仕事へ移った。

これは趣味に川柳を持ったおかげだと、更に川柳への情熱、川柳家への愛情は深まっていった。

ＮＨＫ文化センター土曜川柳のメンバーも参加していたが、真剣に聞いていた。

一時間三十分を話し終わったとき、何か爽やかな気分だった。私自身、新しい自分との出会いを体験した。


先般、数学者の森毅さんが亡くなられた。森さんというと、いろいろなことばが浮かんでくる。

どこかの県で高校の新入生に「ごはんを食べたら予習、復習をしよう」というスローガンが出たとき「気色が悪い。しないまま出て先生に当てられたとき、どうやってちょろまかすか、そういう瞬発力こそ社会に出たときに求められる」とおっしゃっている。この瞬発力こそ川柳の世界でも大切だと思う。

学問の世界ともうひとつ違った世界があること。そして体験というより体感で自分が育っていくものだと思う。


いま坂本龍馬が話題となっているが、私の大好きな武田鉄也が坂本龍馬を演じたことがあった。その時だと思うが、こんなことを語っている。

「龍馬は自分のどこかに隙間をつくっていた。そのリラックスに相手が集ってくるのだ」と。

また「その相手のリラックスが自分のリラックスを生んでくれる」とも。

私のおぼろな記憶だが、坂本龍馬の隙はどの部分かというと〝肩〟だと言う。

これは私もよく分かる気がする。やはり肩であろう。あとどこにもそれが見当たらない。

私もリラックスをどこにおこうかと真面目に考えている。これは私よりも、周りの人の方がよく分かるものかも知れない。教えていただきたい。

## 三日間の体感

2010-10　No.113

今川乱魚さんを偲ぶ会が、九月五日(日)午前十一時三十分から、千葉県柏市のザ・クレストホテル柏で開かれた。参加者二一七名で、人間・今川乱魚さんの生前の人脈の広さと深さを改めて知らされた。

（社）全日本川柳協会会長を現職で亡くなられたということで、主催は（社）全日本川柳協会として開催された。

会は第一部と第二部に分けられ、第一部では開式の言葉（日川協監事清水厚実）、主催者挨拶（日川協会長大野風柳）、今川乱魚さんを語る（旅のペンクラブ代表山本鉱太郎）、乱魚川柳の鑑賞（NHK川柳講座編集主幹大木俊秀）、閉式の言葉（番傘川柳本社副幹事長森中惠美子）と続いた。

第二部では献杯（元経団連・経済広報センター事務局長末吉哲郎）後、食事懇談の中で、今川乱魚さんのビデオ上映や、今川乱魚クイズなどがあり、明るいムードの中でユーモア川柳作家・乱魚さんが語られた。

最後の「今川乱魚さんありがとう」では早稲田大学の校歌を合唱、著書のイラストを長く担当された西田淑子さんの贈る言葉は参加者の心を揺さぶるものがあった。

最後にご遺族・今川幸子さんの御礼の言葉があり、終了した。

第一部のしめやかさと、第二部の明るさのコントラストも見事だった。一部二部とも司会を、今川乱魚さんを偲ぶ会事務局長の江畑哲男氏が担当して進められた。

まだまだ語って欲しい方々が多く、主催者側としては心残りのある一日だったと言える。

この一日を通して、私は〝川柳は人間である〟という椙元紋太師のことばが離れなかった。本当にそうだと一人くり返していた。

そして、当日参加された方々と、事務局を担当して大きな仕事をやりとげた皆さんに心から「ありがとうございます」と「ご苦労さまでした」を頭を垂れて申し上げていた。

なお当日参加者に渡された小冊子『今川乱魚の歩み』は約四十ページアート紙カラー印刷の写真集であるが、何よりの故人への供養になっている。

私はこの一日で、また新しい川柳のあり方が少し見えて来たように思う。


実はその二日前の九月三日には、東京で「新老人の会ジャンボリー」が開かれていた。四日の日野原重明先生のフォーラム・白寿を祝う特別講演会の前日祭として、会員を対象とした四人のトークが行なわれた。

四人とは「幸せを招く遺言書の書き方・大沢利充」「さっそうクラブ・本田愛子」「川柳を生

活に生かして・大野風柳」「子どもたちに愛と平和を・橋本清次」である。

私も一役加わっていたため、日野原重明先生の前で、川柳を語れるチャンスを楽しみにしていた。

私は三人目。前の二人はさすが話術のプロで、その内容の深さにタジタジの思いをしながら、川柳の表現の平易さ、川柳の楽しさ、川柳の強さ、更に凄さなどを、私の体験談と重ねて語った。体験というよりも体感と言った方がよいとも思った。

実は事前に事務局から、大野風柳の川柳と先生の白寿を祝う川柳を紹介してくれと言われていた。

来年には、百歳を祝う行事が計画され、空前の規模での講演会が美し国《うまくに》伊勢志摩で行なわれるという。更に五年後、十年後までの講演予約があるという。

そして、いま白寿を祝う川柳をと依頼されても、これほどむつかしいことはない。

私は開き直らざるを得なかった。よーし川柳の持つ、川柳でしか表現できぬものでいこうと決心した。

そして次の二句を祝吟として発表したのである。文字は舞台の正面に大きく映写された。

○とりあえず白寿を祝う新老人　　風柳
○先生が走る　全員が走る　　風柳

この一句目の「とりあえず」が気になってしょうがなかったのである。こんな失礼な表現でいいのか。川柳は本音の文芸なのだからいい。そんな葛藤があった。

二句を大きな声で読みあげたとき、会場にドッと笑いが出た。少しだけ安心した。

その後、祝賀の宴が開かれ、お祝いのことばが続いた。その中のひとりが私の川柳に触れて「とりあえず」の句に感銘したと言ってくれた。

五日に帰宅した後、白寿の祝いの事務局の女性の方からお礼の便りが来て、そこには「とりあえずが流行りそうですね。とりあえず今回のお礼のことばといたします」と書いてあった。


川柳は綺麗な、上手な、恰好のいいものではない。もっと人間の本音で、正直に表現すべきだ――と私はいつも言いつづけてきた。完璧ではいけないのだ。もっともっと未完でもいい、この正直に訴えられることの重要さを自信をもってこれからも強調していきたい。

九月三日から五日までの三日間での貴重な体感に感謝して止まない。

# 選をすることで育てられた

2010-11 No.114

川柳不毛の地と言われていた新潟で、私は二十歳で『柳都』を発行した。

昭和二十三年の十月に私は新津にお住まいの阿達義雄先生を訪ね、その時に「あなたがやりなさい」と言われた。緊張のまま「ハイ」と答えた。

そして毎月会員から寄せられる作品の選句が始まった。私はひとりで川柳を作っているだけで選句の経験は無い。

みんなと同じレベルの私は必死だった。他人の作品を選ぶ作業が、私にとっては苛酷な試練であった。

その試練が私を鍛えてくれたと思う。川柳を選ぶ責任の重さを知った。と同時に私の川柳に対する思いというものを体験のなかから感じていった。

それが一年、二年、三年と続くなかで自分自身の足りなさに向き合い始めた。

まさにこの選句の重さをいやというほど知ることができた。

そして六十年、今でもその頃を思い出して、寄せられる作品と対峙している。したがって選句の重みは年と共に逆に重くなっている。

更に、川上三太郎、白石朝太郎、岸本水府らの選に対する姿勢を目の前で見せられたときの感動が加わり、選句こそ私に与えられた天命のようなものと感じている。

二、三カ月ほど前に、私のところに集まってくる川柳雑誌の作品の傾向を知りたくて、主宰者が選ぶ作品のトップ、つまり巻頭作家の最初の句を抜き出してみた。

驚いたことに雑詠が無い雑誌がいくつかあった。それらはほとんどが句会報で埋まり、掲載の文も川柳から離れた雑文が多かった。そしてそこではみんなが楽しく川柳と取り組んでいた。

また雑詠欄があっても、八句募集で全員が六句から五句入選、中には全員五句入選の川柳誌もあった。

同人や会員を大切に扱うことは大事だが、選というものを考えなければならない時だけに、私は悲しくなった。

ひとつの結社を運営することと、作品への厳しさとは分けて考えなければならない。

結社には代表者がいる。それを主幹とか主宰とか、会長とか呼んでいるが、つまり指導者には違いない。その指導者の指導理念が不足しているとしか言えない。

いったい同人や会員は誰から何を教えて貰っているのだろうか。どこで何を学んでいるのであろうか。

いま「選」ということ、「選者」ということをじっくりと考える時が来ていると思う。

私が尊敬している川柳作家のひとりである定金冬二の〝選者考〟の中からいくつかを抜いて列記してみたい。

▽選は、身体全部でするものである。頭だけですまそうとすると、時には失敗がおきる。
▽選者は、発表された作品よりも、発表しなかった作品に対して、より多くの責任を持つべきである。
▽選者は、吹く風を怖れてはならぬ。吹く風を憎んではならぬ。まず風のこころを知るべきである。

▽選者は、その選者にしか分からない絵を描くべきではない。
▽選者は、その選者にしか描けない絵を描くべきである。
▽選者は、おのれに媚びるな。そして作家に媚びるな。
▽本物の選者は、選のすんだあとも苦しむ。
▽選者は自ら垣をつくらないことである。
垣があると決して良い選はできない。
▽選者は、鋼鉄の意思と、仏の慈悲とを合わせ持つべきである。
▽誰でも選者になれるし、誰でも選者になれない。怖ろしいことである。
▽「分からないから没にした」のでは選とは言えない。分からなければ周囲の人にきく、その勇気を持つべきである。それが選者なのである。
▽作品にひっぱりまわされてはいけない。
作品をひっぱってゆくのが選者なのである。
▽選者の椅子を、金や、貌で汚すな。でないと椅子に喰われる。
▽良い選者には、良い作品が集まる。句会などでの選者はすみやかに発表すべきである。

定金冬二はそのあとで「これは、私から私へ贈るいましめのことばである」と書いている。

私を育てた選句力に、いまでも私は〝負〟を背負っていると言える。

だから、まだまだ勉強が続く。

川柳にはゴールラインが無い、と川上三太郎がよく言っていたなぁ。

# II

## 川柳は凄い

真のホンモノとは自分のホンモノに気づくこと

## 川柳塔 千号の意義

関西の雄である『川柳塔』の千号（九月号）を記念する大会は、十月九日（土）十時からホテルアウィーナ大阪で五〇〇名を越える盛会をみた。昨年から私も宿題の選者として出席することになっていた。

ところが祝辞の予定の日川協会長・今川乱魚さんが亡くなられたため、急きょ私が祝辞を申し上げることになった。

麻生路郎先生が大正十三年二月に川柳雑誌社を興され、その誌名を『川柳雑誌』と決められたが、この大胆不敵な誌名は自信というよりも、あえてこのような決断をされた麻生路郎の決意に私は尊敬の念を抱いていた。

更に私に大きな驚きを与えたのは、昭和十一年七月に〝川柳職業人〟を宣言、川柳雑誌社を個人経営としたことである。

私も小さいながら川柳社を二十歳で結成して、今年で六十二年になるが、同人雑誌として

2010-12　No.115

経営、指導、編集を一人で続けた経験の中から、この〝個人経営〟の意味が痛い程わかるのである。〝個人経営〟なればこそ出来るものが山程ある。まさに先見の明とはこのことだ。同人雑誌というからには同人の存在、同人の出番、同人の結束、同人の知恵、同人の出資、などなど多くあるが、結論は主宰する人を信じた集団と言える。だからこそこの〝個人経営〟が矛盾の中で最も要《かなめ》だと言える。

昭和三十年代は六大家の存在が大きかった。東の川上三太郎、前田雀郎、村田周魚、西の麻生路郎、岸本水府、椙元紋太である。

私は幸いにも六人の巨匠とお逢いできたし、直接いろいろな指導をいただいた。それぞれ違った魅力を身に沁みて感じた。

この六人の川柳の巨匠が、自分の信念を打ち出し、吟社の代表というよりも日本の川柳をひとりひとりが背負って動いた。そこにはその人の川柳観があり、異なる川柳観がお互いに補っているようにも見えた。そして六人の存在を示しながら同じ川柳というものに向かって走りつづけられた。違った道を走る姿こそが何よりの指導になったと思う。

議論や討論も熱い程感じられた。そして、それを慕いながら弟子たちも必死だった。その熱気が昭和の川柳界を生んだと言える。

この辺でもう一度六大家の川柳魂を見つめる必要があるのではないだろうか。時代が変われば人間の生き方も考え方も、そして知恵も変わってくる筈である。いや変えるべきである。どう考えるか、そこに六大家の存在をもう一度見つめることを私は提案したい。

さて川柳塔社大会の短い祝辞の中では、充分に伝えられなかったことがある。

更に当日は「祝辞」と「選句」という二つを受け持ったため、選句の途中で投げ出して「祝辞」を申し上げ、すぐまた選句室へ戻る早技をやってのけた。他の選者が選句を終えても、私だけが一人残り選句と取り組んだ。これは私としては初めての経験でむしろありがたかったと思った。

残念ながら今回の大会のメインとも言うべき、木津川計さんの講演「路郎と薫風―牽引車の火と継承者の灯―」の前半が聞けなかったことである。私はこの「火」と「灯」のことばに興味を持った。それは麻生路郎と橘高薫風の立場の違いがわかっていたからである。

そして後半の話を聞いて、ここ数年感じていない興奮と感動を憶えた。私が求めていた講演者に出会えた喜びでもあった。本当にすばらしい話力と話術、そして川柳を愛しているからこその情熱と、客観的な批判、更に無気力な川柳界への大きな大きな〝喝〟があった。

幸いにも『川柳塔』十一月号に講演要旨が掲載された。ありがたかった。その中から「川柳マガジン」愛読者と、そして全国の川柳社の指導的立場の方々に読んでいただきたいところの一部を紹介させて貰う。


麻生路郎は『川柳雑誌』と名づけ、他の川柳雑誌は愕然とする。坂井久良伎が「僭越ではないか」と大層な雑誌名への抗議をしたとき、路郎は相手にせずこう書いたのです。「『川柳雑誌』が出てから川柳の雑誌は、柳誌とか川柳の雑誌とか言わねばならないことになった。その不便さは気の毒ではあったが、社会を目標に刊行するためにはやむを得ないことであった」。

大阪の作家、藤沢桓夫は言いました。「岸本水府には柔道を思わせる柔らかさがあり、麻生路郎には剣道を思わせるきびしさがある」。二人の人物や作風をよくとらえています。

路郎は本質的には淋しい人だったと、私はずーっとそう思ってきました。人間は強いこころだけでは生きてはいけないのです。実に路郎には門人に対するきびしさと同時に大きくつつむ抱擁力というやさしさを持っていたのです。しかし路郎は淋しさをつつみ隠すため、若山牧水のようにいつもこころの鉦を打ち鳴らしていたのでしょう。燃える火の麻生路郎は人の世の淋しさに、誰にも気づかれず泣きながら生きていたのです。その路郎の遺した命ある一句とは

二階を降りてどこへ行く身ぞ

に尽きると私は思うのです。

日本文藝家協会には詩人が三五〇人、歌人が一八〇人、俳人は二六〇人いますが、時実新子さん亡き後、二五〇〇人の日本文藝家協会に川柳人はゼロ。みなさんが携わっておいでの川柳という短詩の一翼は、文芸家たちによって全く認知されず、評価されていないのです。私はこの夏、日本文藝家協会へ電話をいたしました。川柳家が何人加入しているのかと。十人ほどです」と事務局は言うのです。やっと許されて入った川柳家十人の割合は二五〇〇

人中の0.4％、1％にも満たないのです。ここにこんなにも大勢が「川柳雑誌」「川柳塔」一〇〇号を祝われる、誠におめでたいことであります。しかし、こんな祝賀の集まりで不謹慎、そして失礼なことを私は申し上げねばなりません。0.4％の現実からをみなさんに問わねばならないのです。一〇〇年を費やしていったいみなさんは何をやってこられたのか。

いったい川柳はどうしていけばいいのか。私は申し上げます。麻生路郎に帰れ。「川柳雑誌」の精神と志を継ぐ決意をもう一度固め直すのです。

まだまだ木津川計さんのトークはつづくが省略させていただく。

木津川さんは川柳を書かないという。私はむしろその方がよいと思う。

とにかく私は貴重な人とお会いできた。これからもどんどん指摘してほしい。そして〝喝〟をくだして欲しいと心から思う。

私にとって『川柳塔』千号は大きな宝ものを与えてくれた。ありがたいことである。

2011-01 No.116

## その鍵は、単純なものの中にあった

井上ひさしの「むずかしいことをやさしく書く」は、川柳家の多くの人から喜ばれたことばとなった。

同じく井上ひさしが仙台文学館にて、平成十四年九月二十七日から二十九日の三日間で行なった文章講座のレジュメが手に入った。川柳家としても参考になるので紹介してみよう。

『文章を書くときの心得』として、

一、なによりも一つ一つの文を短くすること。

二、一般論は絶対に書くな。常に自分を語れ。だれにも書けないことを、だれにも分かるように書く。

三、主語（S）と述語（V）はなるべく近くに置く。

〝恵子は広江に江利子が政代の夫に会ったかもしれないと言った。〟

四、文の基本形は、次の三つしかない。

Ⅰ　何がどうする（犬が歩く）

Ⅱ　何がどんなだ（海は広い）

Ⅲ　何が何だ（彼は会社員だ）

更に『談話（スピーチ）の訓練』として

一、何を話すのか

①自分が心を動かされたこと

②自分が発見したこと

③失敗談と親しみ、ユーモア

④時期に適《あ》った語題を探す

⑤結論をはっきりと把える

⑥キーワード、キーセンテンスの設定

二、どう話すのか

この項は「組み立て」「表現」「発声・発音」「態度」に分けて詳しく述べている。とくに「表現」については、具体的に語る。形容詞の使用を抑える。平易な言葉で専門用語、術語には補足説明をするなど。また「態度」のところには諧謔の精神、丁寧に相手の目を見るなどをあげている。


引用はこのくらいで止めるが、文章を書くことや、スピーチの場合と、川柳を書くこととは違いはあるにせよ、私は数多くの教えを感じた。

まず「文を短くする」、これは川柳そのものと重ねられる。

丹羽文雄が、一行の文の中に必ず句・読点を入れると言ったことを思い出す。

この「文を短くする」の中に、川柳家としての覚悟が含まれている。

川柳は俳句とともに世界で一番短い詩の形
　どこの国にもない詩の形
わたしたちだけが

すぐにとびこめる詩の形
わたしたちは
これを大切《たいせつ》に持ちつづけよう

これは昭和四十二年二月一日にNHKからテレビ放送された〝明日は君たちのもの〟で朗読されたサトウハチローの〝五七五で何でもよむ〟の一部である。

もう一度、われわれ川柳家にとって五・七・五の重みを知り、川柳との出会いをありがたく受け止めるべきであろう。

話を戻すが井上ひさしの「一般論は絶対に書くな。常に自分を語れ。だれにも書けないことを、だれにも分かるように書く」はまさにいまの川柳界への警告と言えると思う。

川柳を含めて、文章などを書くとき一番鼻に突くのが知識である。知識はとかく理論で固め、更にその理論が甲羅で固まる。

私は、偶然にも井上ひさしの文章講座のレジュメとの出合いによって深く考えさせられた。

教訓はいろいろなところにあり、黙って存在するものと知った。それに出合うには、やはりこちらから仕掛けていかないとそのチャンスはない。


話題をかえよう。

現在女子陸上短距離で福島千里選手が話題をさらっている。

彼女が昨年のまだ早い頃、テレビのインタビューでこんなことを語っている。

「スーで走る。ただそれだけ」。このことばに私は惹かれた。

「スー」とはアメンボーの泳ぎだそうである。アメンボーが水に浮いて泳ぐ、そのときの姿から感じたそうである。

もうひとつ「子供の頃から育った自分の町にある坂道の下り坂で、自分が自然に走り出した」また「球がコロコロコロコロとスピードを加えて転がる」ことに目を付けたという。そこには力が入っていない。

最後にこんなコメントを語った。

「跳ねる足がのびる前に次の足を出す」

「目線はいつでも一定です」と。

ごくごく当り前のような顔で語っていた。
私は、いま考えていることと重ねて聞いた。いろいろと教わることが多い。
その鍵は、単純なものの中にあるということ――である。
お互いに心の鍵を開こうではないか。

2011-02 No.117

## ちょっと言わせてください

人間は知識だけでは感動が湧かないものらしい。それよりひとりの人間が小さいながらも懸命に生きていく――それを見ているだけでも感動してしまう。
先日ある人が「とてもすばらしいお話を聞いてすっかり感動しました。涙が流れてしまいました。でも、そんなお話もすぐ忘れてしまいます。困った私です」と話をしていたが、私はすぐ「それは違う。感動させられた話の中味ではなく、感動したという体感が一番大事なのですよ」と申し上げた。

そうなのだ。何に感動したかではなく、感動したそのことが貴重な体験だと言うべきである。

そして、その頻度を多くしていくことだと思う。感動との出会いを求めていく生き方を私は大切にしたい。

ことしの一月二日は自宅で一人で過ごした。今日一日は川柳の仕事をしない日と決めた。いつも見ているテレビも消した。静かな世界がそこにあった。

へーッ、こんな時間があったんだと、私はすぐ右側にある本の山の中から「定本大野風柳の世界」を取り出し、無造作にパッと開いたそのページを読み始めた。

それは昭和末期の頃、企業の経営者、管理者を集めて開催したときの講演である。テーマは〝感動を求めて〟で、話の小見出しは「見えないものを詠む」「いい先生・好きな先生」「教科書で教える」「違った島の人との出会いを」更に「川上三太郎との出会い」「姿から教わる」などなど、内容を川上三太郎へと移し、講師は大野英雄となっている。

その出だしにこう話をしている。

さて、今日のテーマが〝感動を求めて〟となっておりますが、この感動を求めることとは別のことばで申しますと、〝感動の共有〟ということなのです。

果たして働く中でこの感動の共有が可能であるかどうかです。それらを考えながらあくまでも私の体験談で進めて参ります。

と、ここからスタートしている。聞いている側が、もしも「なあんだ川柳の話か。われわれは死ぬか生きるかの狭間で戦っているのだ。仕事と趣味とは違う」と思えばすべてが空論となってしまう。

聴衆者の心を企業や仕事からまず離してあげる――このことでいつも苦労してきた。それには川柳の世界での私の体験を、感動をそのまま伝えることだと信じていた。

やがて彼らは体を乗り出して聞いてくれ、ひとりひとりが自分という人間に立ち戻り、それらの変化にむしろ私自身が感動したものだった。それには「経営」とか「管理」の匂いは消えて、川上三太郎という大人物を語る私の感動をそのまま素直に受け容れてくれたのである。

つまり、川上三太郎の「人をどう動かしたか」「人をどう育てたか」さらに「人をどう変えていくか」などなどの哲学が自然の形で理解できたと思っている。

私は一種の誇りさえ感じとった。川柳界にもこのような師匠がおり、私が「わが師を語る」たびに私自身への刺激を持つことができた。

それは私が、我が師にぞっこん心酔していたから出来たのである。幸いにも私は白石朝太郎という、もうひとりの師とも出会えた。

この師を持つ幸せを最高の私の宝ものとして大切にすべきだと、一月二日の静かな一日で再確認することができた。


チャーリーチャップリンの次のことばを思い出した。

『私にとって手段や技術は問題ではなく私にとって最も関心があるのは、人間なのです』

あの芸の原点は、この人間への関心にあったと思う。その〝人間〟を詠う川柳をもっともっとわれわれは大切に扱わねばならない。本当にそう思う。

# 日本文化の中で

2011-03 No.118

今回のサッカーアジアカップに日本人は沸いた。結果はさまざまなドラマを作って優勝に輝いた。

スポーツの魅力、それは私に魔物のようにも見えた。夜中というより朝方といってもいい時間に若者が抱き合って喜んでいるのを見て、それが実に美しく見えた。

試合後のテレビで百人に聞いたアジアカップのMVP、ベストテンを発表していたが、その結果が私の考えているものとピタリ合致して嬉しかった。この嬉しさは何だろうか。

この試合の期間中、私はひとりの人物を注目していた。それはザッケローニ監督であった。あとで知ったのだが、ザック監督にはプロサッカー選手の経験がないという。最初から監督業が好きで、八歳から十歳くらいの少年サッカーの監督からのスタートだったという。そしてイタリアのビッグ3を率いた経験もあると知った。

日本の評論家たちは、ザック監督は、豊臣秀吉に似ていると言った。それは〝苦労人〟だからという。また〝外資系の社長さん〟とも言っている。おもしろい見方である。とにかく日本の文化が大好きで、日本人的感覚の人だと――。

決勝前日にこんなことを言っている。

「明日の試合はプレーをするのではない。勝つのだ！」と。

試合の途中で発したことばは「前に出ろ！」だった。

更にこんな名言を吐いた。

「成功は必ずしも約束できないが、成長は必ず約束できる」と。

たしかに私の目にも、日本の選手たちは一試合ごとに成長しているのがはっきり見えた。

そして最後の優勝のときの監督のガッツポーズは美しかった。力だけでなく絵になるガッツであった。私も一生の中であのようなガッツポーズをやりたい、いややらねばならないと思った。

さらにもうひとつ。控えの選手への対応が見事だった。そして途中参加の選手はそれに応えた。

私にとっていろいろな教訓を与えてくれた、このザッケローニ監督に感謝いっぱいである。

この感動の直後に発覚した日本の大相撲の汚点が悔しい。世の中はさまざまである。

余談になるが、私は子供の頃からスポーツには弱かった。大の苦手だった。野球などでフライの球は絶対にとれなかった。内野も外野も球との距離感が全く無かった。友達からはフライ音痴とまで言われたものだった。もうひとつ、ゴロ球もとれなかったことを白状しておく。

しかし今では川柳の世界の責任のあるところでいろいろなことを考えている。そしてスポーツの世界から大きな教訓と勇気を貰っている。ありがたいと思う。

ふっと気付いたことは、私がスポーツがこんなに苦手で逃げていたからこそ、新鮮な感動として今、受け止められるのかも知れない。

人を動かす、人を育てる、そして自分が育つ。これは川柳の世界でも大切なキーワードと言ってよい。

作品とは、そのような中で自然と生まれてくるものだと思う。

日本の文化はあらゆるところに存在する。それに気が付くか、付かぬかが鍵である。

## 句集『路上のうた』の周辺

2011-04 No.119

大阪の川柳家Y・Tさんから小さな句集を送っていただいた。朝日新聞の記事を読んで、どうしても読みたいからと娘さんに手配していただき、その中の一冊を私に送ってくださった。

表紙には『路上のうた』とあり、その肩書きとして〝ホームレス川柳〟とあった。発行所は(有)ビッグイシュー日本となっている。もともとこのような文庫判の大きさが大好きで、ちょっとポケットに入れても邪魔にならない。

一二三ページのその本は、第一部が〝ホームレスの四季〟、第二部は〝ホームレスを生きる〟となっているホームレス六人の川柳句集である。

その〝はじめに〟で発行所のビッグイシュー日本編集部の名でこう書いてある。

九州は福岡で、雑誌『ビッグイシュー日本版』を販売している髭戸太さんは、川柳をつくり毎号の雑誌と一緒に配られています。その髭戸さんとホームレス状態にある友人、大濠藤太、沢野健草、麺好司、村中小僧、山本一郎の六人のみなさんは、お互いに切磋琢磨しながら、路上での生活を川柳にし、書きためてこられました。それは八〇〇句にもなりました。

この川柳を、いつしか本にしたいと思って来ました。その願いがかなって、三〇〇句を選りぬいて『路上のうた　ホームレス川柳』としてまとめました。

路上の暮らしは、暑さ寒さにさらされ、日々変わる寝場所や食事をまかない、過去の人間関係から切り離され、孤独の中で生きることでもあります。しかし、この川柳集の一句一句にはそれらを突き抜けていく、生きる力があり、ユーモアさえあります。そんな彼らの暮らしや表現に触れ、受けとめていただければと思っています。

これが〝はじめに〟の全文である。抜粋して書こうと思ったが、この見事な文はそれが出来なかった。

さっそく第一部の〝ホームレスの四季〟に触れてみよう。四季、つまり春・夏・秋・冬に分かれている作品は「これこそ私たち川柳家が求め目ざしている川柳」と言える。

―春―

寝袋に花びら一つ春の使者　草

花びらの押し花作るダンボール　草

水道水今の気温が飲み頃か　草

―夏―

祭りとは花火の後の缶ひろい　髭

お茶一本水で薄めて五本分　村

盆が来る俺は実家で仏様　藤

―秋―

鰯雲網で焼いたら食えるかな　髭

秋晴れにトイレで洗濯木に干して　髭

秋深し隣も鍋は食ってない　髭

―冬―

軒下で寝てる自分も雪化粧　村
枕元門松がわり靴を置く　草
北の風このままいると北枕　山

いかがであろうか。彼らは〝生きる〟人間そのものになり切っている。しかもその根底にユーモアがある。一種の余裕さえ感じる。特に最後の一句には降参してしまう。

第二部の〝ホームレスを生きる〟は、さらに分類されて、〝生きる〟〝住まう〟〝着る〟〝まち・仕事〟〝仲間〟などになっている。その中に動詞が多いのにも響く。

紙面の都合もあり、アトランダムに句を選んで紹介しよう。

パンの耳鳩にやるなら俺にくれ　山
ダンボール三分過《た》てば我が家かな　麺
気にしない夜寝れずとも昼寝るさ　草
濡れ下着乾燥器具は体温だ　草
コンビニのごみ出す時間動き出す　藤
ほしいのは割引券より無料券　村

アルミ缶空を集めて中身買う　藤
野良猫が俺より先に飼い猫に　藤
公園で男性死亡もしかして　草
百円があれば安心二〜三日　髭

私はこの句集を読んで戦中、戦後を思い出した。あのときは国民全員が同じ状態であったのだが、いまは違うのだ――と気づいた。

実は驚きはこれだけではなかった。最後の解説を、作家の星野智幸さんが〃ようこそ路上のお茶会へ〃と題して書いている。

これを紹介してみよう。

とんでもなくはじけた句集だ。度肝を抜かれた。たとえば、この句。
野良猫が俺より先に飼い猫に
読むたびに笑いが止まらない。野良猫とホームレス脱出競争すんなよ、とか、飼い猫になるのを目指したんかい――などと、ひとしきり突っ込んだあと、路上生活者にとって野良猫がどれほど身近で孤独を支えてくれる存在なのか、思い知り、胸を打たれる。
　この本で描かれる内容は、路上生活の厳しい現実ばかりだ。書き手は誰もが、そんな境遇に置かれたことを嘆いている。でも半ばやけくそで嘆いており、そんな自分をどこかで笑い飛ばしてもいるのだ。（中略）
　これが書くということの効果だ。絶望的な気分で生きている現実なのに、川柳に書いたとたん、不思議なことにユーモアを帯びてくる。そのことで、日常の苦しさから少し離れることができる。（中略）
　何が楽しいといって、路上の価値観にまみれていくうちに、自分が当然だ普通だと思っていた価値観が揺らいでくるのがたまらない。その瞬間、私は書いた人たちと同じ地平に立っている。だから、もしこの句集でわからないところがあったら、路上の人に尋ねてみる、なんてことも、この本を読んだあなたならできるかもしれない。路上生活者とそうでない者という、普段なら分離されている者同士を、言葉でつないでしまうお茶会に参加したのだから。

今回は私の意見よりも、素直に彼らの川柳と、鑑賞解説された星野智幸さんのことばをそっくりご紹介した。

あとは読む人が、それをどう受け止め、どう考えるかである。

正直言って、私自身も多くの教訓を得たことを白状しておこう。

そしてこの小さな句集を送ってくださったY・Kさんに深く感謝の意を表します。

2011-05　No.120

## そのとき、どう動く

二十数年前に、私は大腸癌で二度の開腹手術をおこなった。そんな昔のことは忘れなさいとよく言われる。

しかし、当の本人にとっては絶対に忘れてはいけないのだ。むしろ常に体の中に大切に保存しなければならないと思っている。

七転八倒の苦しみこそ、今生きている私の大切なお守りなのだ。ともすると私の体から抜け出そうとするその痛みをしっかりと抱いて離さないようにしている。

今回の東日本大震災は多くの人の命と、多くの家屋を一瞬にして奪った。更に原子力発電所の事故による放射能という怖ろしさの中で、いま日本は世界から注目を浴び、また大きな援助と励ましを受けている。

私には、そのようなときふっと浮かんでくる言葉がある。

それは、私を前述の苦しみから抜け出させてくれた一冊の本の中にあった。

それは「雨の日には雨の中を、風の日には風の中を」という、まだ名前も知らなかった相田みつをという人の本であった。

その文字は明るく親しみを感じさせ、その本に書かれたことばは、何もできずに横たわっているだけの私の不安と焦燥を自然に拭いとってくれたのである。

今回もあの悲惨な報道の中で、相田みつをの「そのとき、どう動く」がふっと浮かんだ。

私が企業コンサルタントをやっていたとき、企業のトップの方々にこのことばでディスカッションをやって貰ったものである。

今回も悲惨な思いの中で、この「そのとき、どう動く」を自問自答した。

ふーっと地震の実体から私を切り離してくれたように思えた。同情という世界から離れることができた。

つまり私の行動ということで私を主役にしたときの自分に戻してくれた。それがあたかも天から与えられた命令のようにも思えた。それは私の運命とも言える。

〝川柳をしっかり見つめよ！〟とも受け止めた。また大きな激励ともとれた。

私は改めて川柳は強者の文芸だと確信した。

強いというのは他人に対してではなく、この自分に対してのことばだと確信できた。

今回の地震、津波、そして放射能問題の中で強くならなければいけないと誓った。

雨や風に抵抗してはならないのだ。いやその中での新しい行動こそが大切なのだと思った。

もうひとつ相田みつをのことばで

「墨の気嫌のいいうちに書く」というのがある。この細やかな心情を忘れてはいけないと思う。

四月十二日に東京都台東区の龍宝寺で日川協東京常任幹事会を開いた。今年の全日本川柳仙台大会をどうするかという議題であった。西の常任幹事会や理事会の内容を久保田半蔵門副理事長と本田智彦事務局長から報告を受け、東の意見を竹本瓢太郎理事長から提案して貰い、当日急遽駆けつけてくれた雫石隆子仙台大会実行委員長ら四名から現況について報告があった。

結果として大会は開催する。期日は最初に予定していた六月十一日～十二日とするということになった。

また翌々日の四月十四日に大阪の常任幹事会には私も出席してこれらを説明し、結果としては六月の大会開催を承認した。

但し、一刻一刻福島原子力発電所の被害の状況が変わり、先が読めない現在、それらを冷静に判断をして最後の決断をしなければならないと思っている。

## 昭和の川柳と平成の川柳

2011-06　No.121

紆余曲折を経て全日本川柳二〇一一年仙台大会は、当初の予定通りの六月十一日〜十二日、仙台国際センター大ホールで開くことになった。

地元の仙台では、大会開催の準備も粛粛と進められているし、私もこの大会は東北地区への大きな大きな支援物資そのものと考えている。

川柳が持つ行動力と、他の短詩文芸とは違った、よりリアルな思考がこの結果を作り上げたものと思う。そしてより繊細な工程表が作られていったに違いない。

今回の大会の成果によって新しい川柳の行動が見えてくるはずである。

そのような時機に、残念ながら私を体調を狂わせてしまった。全く申し訳がない。しばらくの間自省はするものの、責任だけは果たすことをお約束する。

そんななかで、五月八日の倉敷市で開かれた川柳の大会で、私は「川柳のおかげ」というテーマでトークを行なった。

私たちは意識しなくとも、自然に川柳から教わることが多い。私などは川柳で育てられたと言ってもいいほどである。その喜びと感謝について語った。

その時、幸か不幸か体調を崩していたが、なんとなく静まった気持で語ることができた。自分にブレーキをかけたことで、むしろ本音で話をすることができたのである。

プラスとマイナス、前進と停滞、こんなコンビネーションの中で、新しい自分を知ることができた。ここでも川柳から教えて貰う体感を受けた。

ブレーキのない、好調な自分に一種の警戒心が沸いたのである。

そもそもトークの内容というものは、その人の生きてきた軌跡の中にあるもので、決して理想や夢だけではないことは充分知っていたが、今回改めて自分でうなずくことの大切さを知った。

トークとは、聞く人のためだけにあるのではなく、むしろトークする本人のためにあるものだとも思った。

この新しい体験は、体調不充分であったから得たこととも言える。

そして、自分にブレーキを加えることの大事さを確認できた貴重な体験だった。

トークの内容はトークの流れによって変わってくる。今回もいつものように昭和の川柳六大家へと進んだ。

そしてホンモノというのは、名人に存在するものであって、ホンモノを目ざしても真のホンモノにはなれない。真のホンモノとは各人の持っているホンモノに気づくことである。したがって六大家はそれぞれ自分のホンモノ振りを果たしていたと思う。六人それぞれが違ったホンモノぶりを発揮したと言ってよい。

そして六人のホンモノが、〝川柳〟というものに向かって常に走り出していた。ひたむきに走りつづけたのである。

さらにひとりひとりがそれぞれの川柳観を持ち、ひとりひとりで社会に向かって自分の信じる川柳を訴えた。

すばらしい理念と行動でひとりひとりでやってきたのだ。

私の師はこの人だ、と決めて集った人たちだった。

文芸集団ということばがある。まさにこれだった。

今、なぜこれが無いのか。時代の変化のためか、文化の影響か、いろいろと理由はあろうが、昭和時代の川柳界をもう一度検証し、いまの時代としてはどうすべきかを考えていきたい。

六大家というよりも、あの時代には六大家と同じ、いやそれ以上のすばらしい川柳の指導者がいたのである。

平成のいまの時代はどうか。みんなで考えてみようではないか。

# 79　川柳は凄い

# III

# 川柳は凄い

## 川柳家よ、老いを自覚し生かしなさい！

2011-08　No.122

# 日川協仙台大会ありがとう

　ことしの全日本川柳二〇一一年仙台大会が驚くなかれ、最初の予定通りの六月十一日に前夜祭、十二日に大会が開かれた。結果としては最高の喜びであった。

二年以上も前からこの大会に賭けた、地元・仙台の準備は壮絶であったろう。

私も主催者として大阪、東京を回り、この大会開催への協力をお願いした。

東日本大震災のあとであり、特に原子力発電所の先の予想がつかなかっただけに、関係者への説得もむずかしかった。

最後は、参加する、参加しないは本人自身が決めるものだと、自分に言い聞かせての開催論を訴えつづけた。


　幸いに日川協新潟大会を丁度十年前に開いている。その時の苦労が蘇ってきた。新潟大会は六〇〇名を少し割った。これで十分だと自分に言い聞かせ、時間と労力とそしてお金をかけてこうまでやらねばならないのかと、一人で考え込んだ時があった。

開催を決めた以上は開かねばならぬと、毎日毎夜会合を開いたものだった。そして苦労に苦労を重ねた大会が終わったときの空虚感は、今でもはっきりと憶えている。

つい一時間前は六〇〇人の参加者の顔でうまったこの会場に、いま一人もいない。私は舞台に佇って、準備の二年間の空しさに打たれたものだった。

しかし、これが人生だ、これが川柳だと思った。


仙台大会ではほとんど舞台裏で過ごした。足早に走り回る役員たちは、声を掛けても聞こえないほどの忙しさだった。午後三時頃になると答えてくれるようになったが、全く答えになっていない。彼らはそれ程疲れ切っていた。

私は常に「ご苦労さま、ありがとう」とつぶやいていた。

全日本のこの川柳大会については、川柳家として一度は開催体験して欲しい――これは私の前からの主張でもあった。

大会が終わっても仕事が残っている。この後始末の苦労が待っている。

しかし苦労があればあるほど、大会実施の達成感も大きい。これは体験しなければ絶対わからない喜びなのである。そして大切な宝ものと言える。

大会実行委員長の雫石隆子氏の開催挨拶も私の心を打った。大会開催のことばは例年と違い、大震災から三カ月弱、しかも放射能問題を抱え込んでの開催、彼女は心の底からの感謝を述べた。

私は同じ舞台にいてこれを聞いた。実は数カ月前から挨拶の内容を考えつづけていた。夜中に飛び起きて、その時考えついた内容をサインペンで紙に書いておいた。それらを奇麗にまとめて書いたものをポケットに握りしめていた。隆子氏の挨拶を聞いていて、準備してきたものでなく、何も持たずにあの演壇に佇ち、集まってくださった皆さんにお礼と感謝の気持ちを訴えるべきだと決めた。

そして演壇まで歩く数十歩、そのときは実にすがすがしい気持ちだった。

開催してくれた地元の人たちや、集まってくれた全国の皆さんにお礼を申しあげたい。思いはそれだけだった。

挨拶は五分足らずで終わった。ひとりひとりと握手をしてお礼を申し上げたい。それだけだった。


ここまで一気にペンを走らせて書いた。そしてふっと思ったことがある。

それは私がまだ企業人であった頃、もう四十年以上も前の話である。

上司と部下とのコミュニケーションがうまくいかなかったことがある。私は考えぬいて「話し方」の講師を東京から招いて、上司から部下へ、部下から上司のコミュニケーションを密にする、そんな企画を実施した。

数回の教育が終わり、私は講師とじっくりと話し合うチャンスをつくった。

その時の講師のことばである。

「みなさんは話術を求めています。私は話力をお話ししたつもりです」と。

それから私は〝話力〟を追求した。

美しく、そつなく話すより、自分の思いを力として表現する、いや表現する力を持つことだった。

川柳も然り。かっこ良さや、術や技に走るより、伝える力を持つことが必要なのだろう。その力を持つことに専念しなければならない。

2011-09　No.123

## 雑然の中から

ことしの春、突如として帯状疱疹にとりつかれた。その理由は私なりに分かっているものの、その痛みには降参してしまった。とにかく不快な神経の痛みなのだ。過去、私は二回大きな手術の経験があり痛みには強いと思っていたが、今回の痛みには参った。

その道の名医に一切お任せし、出された四種類の薬を飲む、それが私の一日の大きな仕事だった。まさに痛み止めの薬が私の拠りどころだった。

予想していた通り、倦怠感と焦燥感とがまじって私をいらだたせた。これは今だから言えるのである。

自ずと私の仕事場は書類が山積みとなり、またそれを整理する意思さえ無くなってきた。

そんな中でのある日、私は小さな小冊子を目の前の雑然とした書類の中から発見した。私が会費を払って取り寄せている「ｍｙｂ」という本であった。読むともなく開いたそこに〝背中・山折哲雄〟の巻頭文があった。

私は山折哲雄のファンで、この宗教学者のことをたしかこの現代川柳時評にとり上げたことがあると思う。

そしてその文を読み予想通り感銘した。そのところを紹介しよう。

「たまに駅や盛り場にでて、人混みのなかに入ると、顔が歩いてくる。堅い表情の顔が歩いてくる。張りつめた顔が近づいてくる。口を真一文字にしめて歩いてくる。急ぎ足で歩いてくる。人と人とのあいだをすり抜けるように、ほとんど飛ぶように歩いてくる。肩をすり寄せ、手に提げたカバンをぶつけて歩いていく。

あっというまに通りすぎていく。だからその去り行く人間の背中を見ているいとまなどがない。すれ違ったたまま急ぎ足で去っていくから、背中もあっというまに去っていく。背中をみせずに走り去っていく。」

ここまで読んで山折哲雄さんが何を言おうとしているかが大体私にはつかめた。更に言う。

「そんな塩梅だから、ゆっくり足を運んでいる人間の姿をみつけると、ほっとする。ときにトボトボ歩いている人間の後姿をみると、気持がやすらぐ。」

「ああ、背中が歩いていると思う。丸っこい背中もある。細長い背中もある。ときに泣いてるような背中にでくわすこともある。静かに笑っているようなものもある。

生活の匂いが背中ににじんでいる、と思わないわけにはいかない。生活の垢がつもりつもっているような背中からは、哀しい音色がきこえてくる。世の中に背を、すねているような背中もある。」

スペースの関係もあり、あとは要約して紹介しよう。

「中世に描かれた西行法師の絵巻を見て心を打たれるのは、背中をみせて歩いていることだ。

同じころに描かれた一遍上人の絵巻には高い背中をみせて歩いている。西行の背中は丸くて穏やか、一遍の背中はたじろくことなく屹立している。

かれらの前方にひろがる豊かな世界がすこしずつみえてくるような気分に誘われる。けれど真一文字にしめて足早やに通りすぎていく顔、顔、顔のなかからは、浮沈をくり返してきたであろう過去の影が後を引きずっているようにみえるだけである。」

長い引用で申し訳ないが、どうしても読者に知らせたい内容である。

私はひょいとこの小冊子の発行日を見て驚いた。二〇〇七年№18とあった。雑然とした私の周りがあったればこそ手にして読めた。もしも整然としていたならば、二〇〇七年の冊子はどこかにしまい込まれて、再び手にする機会はなかったと思う。そこから因縁のようなものを感じた。

さて、なでしこＪＡＰＡＮがいま日本の明るい話題になっている。先日、藤原正彦と石原慎太郎との対談番組を見た。その中の石原慎太郎のことばに「なでしこＪＡＰＡＮの澤選手が後輩の選手たちに苦しくなったら私の背中を見てと言っているが、これがリーダーシップだ」と、今の政治や社会で真のリーダーシップが消えている話をしていた。また藤原正彦は「金に関係のない文芸や芸術へ目を向けることだ」とも言っている。まさに至言と言える。

私は現在の川柳界に指導の弱さを感じている。いや指導者の弱さだと言ってもいい。つまり弟子に見せる背中を持っていないと言ってもいい。

また作句者として百人百様の物の見方をしようとしていない。つまり自分の見方を求めようとしていない。もっともっと自分自身のためにも自分の人生のためにも、自分自身の物の見方や考え方を自分で修業することである。

他人から褒められるよりも、自分が自分を褒める――そんな川柳家が出て欲しい。言葉を変えて言うならば、もっと自分の修業を大事にして欲しい。

川柳の上達を考える前に、まず自分の背中を探る必要があるのではなかろうか。

## 再び相田みつを

2011-10 No.124

野田総理の「どじょう」発言で、全国の書店の相田みつをの本が飛ぶように売れたという。

実は昭和の終わり頃、私はこの相田みつをの『雨の日には雨の中を、風の日には風の中を』の書と出会い、大手術の直後だけに心が救われた。そしていつの間にか焦りに焦っていた自分に気づかされた。

さっそく『にんげんだもの』というテープを買って、毎日のように聴いた。しかもそのテープは大坂志郎さんの朗読であった。

私は多くの人にも聴いてほしくて、私の講演の中でも「みなさん、まずこのテープを聴いてから、私の話に入ります」と言ったものだった。

あの大坂志郎さんのあったかい語りかけは見事に尽きた。

相田みつをもこのように大坂志郎を紹介している。

「大坂志郎さんとは私はまだお会いしたことはありません。昨年(昭和62・1・13)NHK

の〝歌謡ステージ〟という番組の中で大坂さんが私の詩を朗読してくれました。大坂さんの朗読があまりによかったので全国的に大きな反響を呼びました。これは大坂さんの人間としてのちからであり、大坂さんのおかげです。そのことが縁となって、私の拙い詩を大坂さんが朗読して下さるというカセット版ができました。

私の書いているものは、いわゆる文学的な意味での詩ではありません。禅宗のお坊さんは、自分の修行して得た心境を〈詩偈〉といって漢詩の形式で表現します。お坊さんでない在家の私にむずかしい詩偈はできません。

そこで口語版の詩偈のつもりで作ってきたのが私の詩です。（後略）」。

私はこの挨拶文を読んだとき、ああこれは川柳そのものだと思った。理論ではなく〝こころの世界〟を語りたいのだなと思った。

直ちにこのこころに共鳴し、痩せこけた私は相田みつをのことばを川柳界にとり入れたのである。

いまも私のこころに残るものがある。それは

〝墨の気嫌のいいうちに書く〟である。

この短いことばの中に、人間の生き方がすべて表現されていると思う。

病後の痩せこけた私の体の中に、豊かであたたかい血を流してくれたのが、相田みつをであった。

さて、この原稿を書いているとき、とんでもないことばがテレビで流れた。

それは「人っ子一人いないまさに死の町」「ホラ放射能をつけてやる」である。しかも大臣という立場の人である。何のためらいもなく口からことばとして吐いたことに腹が立つのである。

わずかの時間で辞任と決まったらしいが、これまたこれでいいのか――と思う。

ことばの重み、ことばの責任そしてことばの美しさを大切にしている川柳の世界では許せないことである。大坂志郎さんが逝くなったあと、角野卓造、渡辺裕之さんらがみつをのことばを朗読したが、やはり大坂志郎にはかなわないと私は思った。内容の雰囲気に合う人、合わない人がいるものだと知った。

相田みつをのことばの朗読は、大坂志郎しかいないとも思った。

「人間味」「音色」「やわらかい語り」いろいろな表現を探したが、どうしても説明ができないのが大坂志郎の語りであろう。

川柳は人を詠う世界である。この意味の深さ、美しさ、そして重みをもっともっと大切に扱わなければいけない。

そして、もうひとつ冷酷なまでの人間凝視も川柳の大切なひとつであることを付記しておこう。

今月は締切ぎりぎりのテーマを取り上げた。すべてイキのいいうちに書くことの大切さを改めて知ることができた。感謝!!

2011-11　No.125

## 川柳からの返信

新潟県の大きな大会のひとつである三条市民川柳大会で、私は講演のテーマを『川柳からの返信』でお話をした。

実は半年前からこのテーマを決めていたが、当日になってどんな話をしようかと迷った。そしてとんでもないテーマだったと後悔した。

ところが、まず〝柳都〟の歴史を語り始め、六十余年の川柳の流れを語っているうちに、そのときどきの川柳からの囁きに、ときには叫びがあったように感じられた。

不思議に思うほどだった。要はひたむきに物事を実行すれば、この囁きや、叫びや激励、ときには叱咤が聞こえてくるものだと思った。

それが『川柳からの返信』だと気づいた。そして私は、話を流れるように進めることができた。

なにか無責任じゃないかと思われそうだが、正直言って今回のテーマは良かったと思う。

講演が終わって改めて、莫大な返信を川柳からいただいてきたことに感謝いっぱいであった。

ひとつのことに懸命に取り組むことが出来たのは、川柳が好きだったからであろう。いや川柳家が好きになっていったからである。これは知識とか、学問とか、議論とかとは全く異質な世界と言える。

私は数十年前から〝人間大好き〟を言いつづけている。少し気障っぽいし、青くさいとも思う。が、しかしやはり根底にこの〝人間大好き〟があって、長く川柳をやってこれたと言ってよかろう。

さて、いまの日本の川柳界は、全く議論することを忘れているのではないか。昭和三十年代の日本の川柳界は、激しい議論はもちろんいろいろな川柳が、いろいろな人たちによって作られ、全く意見の違う人たちが川柳論を闘わせながら、真っしぐらに前へ前へと走っていたのである。

ときには詩の世界を、あるときは短歌の世界を、また同じ十七音の俳句の世界へ目を向け、突き進んだものである。

それぞれが、それぞれに自分の川柳を書いて訴えた。一見バラバラで分裂のようにも見えるが、自分たちの川柳こそ本道であると走りに走った。

こういう時代の川柳からの返信に素直に耳を傾けようではないか。

いまの日本の川柳界を見て、このような熱いもの、厳しいもの、それを主張する営みがあるであろうか。

大きな組織があり、そこにいれば安泰で仲よくやる――そこには自分の主張するものや、反対する情熱は微塵もない、そんなことでいいのだろうか。

こんなことを考えると、これからは『川柳からの返信』どころか、川柳そのものの価値も稀薄となるであろう。

また、現在の川柳誌を見ても、安泰そのもので真の指導が軽く見られている。つまり吟社の彩《いろ》が見えないのである。

本来大切にすべき雑詠欄よりも、月々開かれる句会や、年一回の大会のみに目が向けられてはいないだろうか。

つまり課題吟が本流となり、大切な大切な雑詠が脇に置かれている現状が悲しい。

大会の成績、句会の成績は、川柳の本道ではないことを訴えたい。

いま、静かに思うことは、『川柳からの返信』を素直に受け入れる川柳家でありたいと思う。

2011-12 No.126

## 老いはいまだ空白

毎年五月になると『詩歌文学賞』贈賞式が、岩手県北上市の日本現代詩歌文学館で行なわれる。

今年は三月十一日の東日本大震災のために十月八日に同文学館で開かれた。

私は同文学館振興会の役員として今回もこれに参加した。

思うに短詩型文芸の最高の賞と言っても過言ではない。

今年は詩部門で須永紀子の「空の庭・時の径」が、短歌部門では柏崎驍二の「百たびの雪」、俳句部門では大嶺あきらの「群生海」が受賞した。

さて、当日の人気をさらったのは記念講演であった。

今回は歌人の小高賢氏の「老いとユーモア」。この演題を見て私は特別の興味を持った。

老いとユーモアを結びつけて歌人がそれを語るということである。

そして、その一時間に私は魅了された。実は日本現代詩歌文学館報の〝詩歌の森〟の七月七日号の巻頭に小高賢氏が「短歌のユーモア／笑いは短歌を救う？」が掲載されていた。

そこには次のように書かれていた。

「歌人はどこか真面目である。出版記念会でも、メモを片手に一所懸命に批評する。数が多いわけではないが、俳句関係の会にも伺うことがある。しかし、雰囲気は大分ちがう。冗談をいい、酒をたのしみ、わいわい騒ぎ、そのうちに突然、カラオケ大会になったりする。すべてではないのだろうが、対照的である。

俳句プラス七七が人生的になってしまうのだろうか。「もっと真面目に作れ」「ぎりぎりの人生を歌え」などは、初心者を説教する指導者の常套句である。下手をすると「命をかけて」などともいわれる。ひとつしかない命を、短歌にかけるわけにはいかないと内心思いながら、表面上は仕方なくうなずくというのが、大方の辿るみちである。

笑いやユーモアを感じさせる作品が少ないのも、この詩型の運命かとあきらめていた。

ところが、近年、様相がかなりちがってきた。おもしろい歌を多く見かけるようになってきたからである。」

そこで次の短歌が紹介されている。

街頭ライブとやらに立ちどまる下手と度胸に感心もして　（清水房雄）

汲取式文化対水洗式文化といふ事あり判りますか平成生まれの諸氏　（清水房雄）

そして「これらは短歌の常識を超えていて、なんだかとてもおかしい。一九一五年（大正四年）生まれという年齢のせいばかりではない。対象への真っ当な感想が笑いを誘う」とも書いてある。

さて、記念講演を聞いて私はポイントをすぐ書きなぐった。その要点を書いてみよう。

- 老いとはひとりひとりバラバラに生きるもの。
- 老いは人によって現われ方が違う。
- 平均寿命が高くなり、老いの時間が増えた。
- 高齢者にはすべて口語しかない。
- ユーモアは文学として認められにくい。
- ユーモアと笑いは違う。
- ユーモアには怒りもある。

・長い老いの時間で作品を作れることは喜ぶべきことだ。
・老いは経験しない人にはわからない。
・老いは希望の時間になる筈だ。
・男は散文、女は韻文。
・短歌は俳句よりも〝私〟が強い。
・本物短歌と新聞投句短歌に格差はない筈。

乱れた文字でメモした内容である。

なにか川柳とあまり違わない感じで聞いていた。

当日配布された資料の最初、〝老いとは〟のところにこう書かれていた。

「老いとは―超高齢社会の到来→例外ではなくなった→老い＝病からの変化（元気な老いの存在）→老いについての研究の不在→老いの境界はどこにあるのか→日野原重明のような超老人は例にならない→余生ではない→老いはいまだ『空白』。」

この最後の、余生ではなく空白部分と見たのは凄いと思う。凄いのではなく誰も気づかぬところだとも言える。

私ども川柳家も、まさに長寿であると同時に、この「老い」というものの価値を知らぬままにしておくのではなく、「生かす」ことが大切だと思う。

正直言うと、私が主宰する川柳雑誌の投句を見ても、まさにこの「老い」の句ばかりである。ひとときは若い人たちを加入するよう動いたが結果は不成功、ならばいまの老人に「もっともっと若い句を」と要求したこともあった。いま考えると表面のことしか考えていなかった自分が恥ずかしい。

いまの老いた人たちに、いまのあなたの空白を感じさせるべきだった。先のことを考える前に、いまの老人の「老いとは」を自覚させるべきだった。

その日、同文学館で一枚の紙をいただいた。そこには「第五回現代歌人の集い」とあり、記念講演には馬場あき子さんが「歌は面白く、心は深く」というテーマで話されるという。ここにも「面白く」が入り、更に「深く」と纏めてある。

川柳にはこの面白くが過去から継がれて、いまも生きている。川柳も「深く」というテーマを大切にしなければならない。

いま日本の短詩型文芸はすべて新しいものを目指している。川柳も然り。もう一度原点に戻り、「川柳とは」を多くの人と語りたい。
今回の小高賢さんの「短歌のユーモア／笑いは短歌を救う?」「老いとユーモア」をわが事のように受け入れ、川柳家の奮起を望みたい。

## 句に酔い痴れる

2012-01　No.127

『歌はいつから詠み人知らずになり、永遠の命を持つのではないでしょうか。私の作った曲が一つでも詠み人知らずになりそれを聞く日を楽しみにしたい…』

これは橋幸夫の「夢の架け橋」という本のはじめに書かれた、故吉田正のことばである。私もこのことばの持つ内容が分かるような気がする。実に深い意味が含まれている。もともと吉田正その人が好きであり、吉田正作曲の歌を好んで歌ったことがある。

私はこの一文を読んでふっと思い出したのが、川上三太郎単語の

句は

作者を
はなれた刹那から
一発の
弾丸である
更に芥川龍之介の「侏儒の言葉」、
創作は常に冒険である
所詮は人力を尽くした後
天命に委かせるより仕方はない
である。妙にこの三つのことばが絡み合って、私に迫ってくるのだ。
川柳もその辺を浮遊している。
昔は酒を飲み、あるいはコーヒーの香りを楽しみながら川柳の巨匠たちの作品を披露し合ったものだ。こんな句も、こんな作品もあると——。作品に酔う感動を味わいながら。
いまはどうだろう。全くそんなチャンスが無い。そして忘れ去っている。
当時の三太郎、朝太郎、さらに水府、路郎、紋太、周魚、雀郎らの作品を読みながら、川柳家であるよろこびを確かめあったものである。

中村冨二や定金冬二らの句をあげて川柳の深さに痺れたものだ。お互いの作品を俎上に載せ、伝統や革新も乗り越えた世界で語り合ったのだ。

いまの川柳界にはこの感動は全く無いと言ってよい。なぜだろう。これを真剣に考える時だと思う。

前にもこの欄で触れたと思うが、毎月発行されている川柳誌を拝見して気になるのは、雑詠欄である。選者はその川柳社の代表者が担当し、いわゆる入選、没句を決めるが、不思議なことに殆どが四句とか、あるいは五句〜四句あたりが掲載されている。募集を見れば六句あるいは八句募集とある。つまり入選句の優劣が殆どなく、これで選と言えるのかと私は悩むのである。

正直なところ、私もいま雑詠の選で全没は作っていない。かつてその昔は全没者をあえて作ったことがある。選とはそういうものだと思っていた。

いったい指導者はどこで川柳の指導をしているのか。ある人に尋ねたら句会だという。句会で真の川柳を指導できるのだろうか。句会では殆どが課題吟である。課題吟の指導と雑詠の指導とは根本的に違う。

そしていま大きな問題は、大会や句会のあり方であろう。いまここでは触れないが、巨匠の作品を朗詠してそれに酔うとか、雑誌の雑詠欄に一句でも多く入選しようと挑戦するとか、そんなものが今年の川柳界に現われる夢を持ちたいものである。私も努力したい。

2012-02　No.128

## 体感礼賛

最近のテレビで「体感」ということばがよく使われている。天気予報のとき「今日の体感温度は…」と言うように。

私の記憶では、以前はあまり使われていないことばだと思うが、果たしてどうか。

なぜ、私がこの体感とか体感温度ということばに興味を持つかというと、今日は最高3度ですとか、5度ですというよりも、なんとなくひとりひとりが感じる寒さを大切にしているように思うからである。

つまり、ひとりひとりの寒さや温さの感覚は数字で決められないものがあることを意味している。

「今日は最高でも3度です。寒さに気をつけてください」というよりも「今日の体感温度はいかがでしょうか。充分寒さに気をつけてください」と言われた方が気分がよいものである。

「そうか、私の体感があるんだ」と思う。数字は絶対的なものである。それを人によって違った体感をわれわれ人間が持っている——このことに気づくであろう。

朝、白い息を吐きながら「寒い朝ですね」と会話を交わしている。これが雪国の文化だとも言える。そこに3度とか5度とかいう数字が入るとどうであろうか。

また「ちょっと出かけて来ます」「夕方には帰ります」といった、曖昧な表現もいいものである。「あなたの〝ちょっと〟はどのくらいの時間ですか」と、ある集会で聞いたところ、五分から二時間の開きがあった。「夕方」にしても午後四時から六時までの違いが出た。

私は現役（仕事）の頃、よく上司に「バカヤロー」とどなられた経験がある。このきついことばをAさんから言われたときと、Bさんから言われたときでは全く正反対であった記憶がある。

このことばが持つ意味も、その人の「温さ」と「冷たさ」で全く違ってくる。

ことばの妙は、やはりその人の広さと狭さで決まると言ってもよい。

人間が作った川柳も同じことが言えると思う。

話題を変えよう。「川柳マガジン」の前身である「オール川柳」を知らない読者も多くいると思うが、いま改めてぜひ読んで欲しい特集記事を見つけた。

それは『俳人から観た川柳』として故人になられた山田弘子さんの原稿である。これは平成九年十二月号から一年間連載されたもので、その十一回目に『しみじみと川柳を』というテーマで私の作品について書かれている。

山田弘子さんとはその後北上市の日本現代詩歌文学館で二、三回ことばを交わしている。

ここでは私の作品で四句取り上げていただいたが、その中の一句について紹介させていただく。

女房の財布をあけて閉めている　　　　　風柳

本句集（註・句集しみじみ川柳を指す）の冒頭句。世の旦那どもは凡そ女房の財布の中身など無頓着が多い。だが風さん（ゴメンナサイ）はその辺に置かれている女房のがま口をちょっと覗いてみたくなった。何となく秘密を覗き見るような気分で「案外沢山入っているじゃないか」と安心したか、小銭やスーパーの領収書などで膨らんではいるものの、亭主としては些か申し訳ないような気になったか…。そんな事は一切言わないで、ほんの十数秒の小さな動作だけを述べ、その裏に秘められた氏の人間味や哀感をそくそくと伝えている。今は亡き愛する伴侶の思い出に繋がる句を第一句に据えたところにも氏の心情が窺われる。

見事な鑑賞である。この句は評者が書いているように女房が生存しているときの句であるが、大部分の人は女房が亡くなったあとの句として受け止められていた。女房が買い物に出かけたあと、ひとりになってふっと机の上にあった財布をちょっと覗いたまでの句である。

文中で風さんと書いていることで、山田弘子さんの茶目っ気をいまはじめて感じた。

女房を亡くして二十四年にもなるが、ささいな行為も川柳はキャッチしてくれるものである。

ここまで書いてきて〝体感〟ということばが自分の体の中に揺れ動いたようだ。

川柳って凄いものである。

山田弘子さん、どうもありがとう。

# Ⅳ

# 作品の上達を考える前に

## 雑詠欄の重み

2012-03 No.129

最近の川柳雑誌を拝見して感じることがある。それはその川柳社の主宰者が、同人や会員の作品を一体どこで指導しているのか——ということである。

「そんなことは分かる、どの雑誌でも同人欄や雑詠欄があってそこで指導している」と答えると思う。

しかし川柳雑誌を見ていると、果たしてそのように同人や会員を指導しているとは思わない、いや思えないことに出くわすのである。

同人については一応作句力が優れているところから自選句にしている雑誌と、同人もやはり選を受けているところと二通りある。私はこのことについてはその主宰者、または過去からの流れがあるので、どちらでもいいと思う。

問題はもうひとつの雑詠欄である。選者は殆どが主宰者が担当し、同人も会員もふくめてのものと、同人または会員だけ投句できるものとの二つに分けられている。これも、私はその川柳社の考え方で決めてよいと思う。

ただ、最近の川柳誌の雑詠欄を見ると、巻頭作品は五句、そして他の入選句も最後まで五句掲載されていて（中には最後は四句のものも含めて）、これでいいのかと思わざるを得ない。

投句者の中にはベテランもいれば、割と新しい人もいるに違いない。あるいは投句者全員が同レベルだとも考えてみたが、新人たちがどこにもいないはずはない。もしも同レベルの作品ばかりだとすると、こんなに不安な川柳社はないと言わざるを得ない。

新人たちが、入選一句、二句からスタートして作句に励むことによって川柳社は成立するものではなかろうか。

私は六十余年、私の雑詠欄を担当してきたからそうだと言われればそれまでであるが、一貫して続けてきたことは、同人吟は一句、つまり数多い自句の中から一句だけを投句する自選句の方法である。そして要《かなめ》とする雑詠欄は同人、会員、そして新人も含めて投句して貰う方法を続けてきた。

更に選句のレベルは各人別々、ベテラン（同人）には厳しく、新人には寛容とし、しかもひとりひとり作家としての方向を私自身が探し求めながら選に当たっている。

これは、私が永年に亘って選を担当してきたからできることなのかも知れない。

しかしいかなる雑誌も代表者（主宰・主幹・会長いろいろな呼称がある）が選に当たっているはずである。なぜもっと自分の主張を出さないのか。そして選という厳しい作業の中で自分を練れないのか。選者であっても同人であっても、これから自分の作品を向上させるという意識を忘れてはならない。完成された作品はありえないのだ。このレベルアップの精神が、いまの日本の川柳界に欠けていると申し上げたい。

いまの自分の川柳作品、川柳観に止まってはいけないのだ。川上三太郎はよくこんなことを言っていた。「川柳にはスタートラインはあるが、ゴールはない」と。

これは指導者への警告だった、といま私はとらえている。

さあ、立ち止まることなく前へ、一歩でも前に出ようではないか。

それと同時に大いに議論しようではないか。現在の日本の川柳界は西と東とではかなり違う彩を感じる。この現象はこれからの川柳を考えるに、むしろ結構なことだと私は思う。この違いこそ川柳の発展の原点だとも言える。

最近は伝統と革新ということばが消えつつあるが、今こそ「川柳」という文芸の根本について語り合うときだと思う。

特にテレビなどでの川柳や、公募川柳、更に時事川柳などなど議論すべきことは山ほど存在する。と同時に、川柳雑誌の主宰者同士の川柳観の議論などなどいくらでもあるはずである。

確かに川柳大会も大切である。この大切さと議論の大切さ。端的に言うならば、川柳を凝視することがスタートであろう。

これは、多くの川柳社の代表者が避けては通れない関門でもある。

2012-04 No.130

## 川柳は凄い

いま、全国の川柳社の会員が減少の方向に傾いているとみる。口には出さぬが実体はそうだと思う。

つまり川柳界に入る人よりも去っていく人の方が多いということ。このことは他の短詩型の世界でも同じことが言えよう。

一方で、川柳ファンは確かに多くなっている。ただ川柳団体に入会し、川柳を勉強する人が減ったということだ。

そのような中で、私は毎年、初心者川柳講座の指導を行なっている。

新潟に新柳会という川柳団体がある。昨年創立三十周年を迎えた。はじめは厚生年金受給者への呼びかけで始まったため、平均年齢は七十歳を越える高齢者グループだったが、今では年齢にこだわらず市報や新聞などに案内を出して、初心者講座を開いてきた。

毎回集まる人は十五、六人で、六・四の割合で女性が多い。二十年も続けていると、やはり時代背景によって集まる人も変わってくる。最初の自己紹介などでは口達者が増えた。男性の場合は定年後の空白を埋めるには、川柳ぐらいが丁度よいといった感じである。

また前歴をちらつかせる人もいる。

こちらとしては最終的には新柳会に入会し、更に専門の川柳社に入って欲しいわけだが、よほどうまく講座を組み立てないと、二時間五回だけの彼らの楽しみで終わってしまう。

そこでどのような内容で進めるか、私の経験から得たものを紹介してみよう。

まず、私が長年川柳をつづけて来た中での感動したこと。つづけてきてよかったという実感。そして自分自身が川柳と出会って変わったこと。それは川柳作品よりも人とのふれあいが根底にあったということ。もちろん私の川柳の先生から学んだ人間的成長などなどを率直に語った。

川柳界に入ってこんな驚きがあった。喜びがあった。こんな悔しさも、こんな興奮も、とつづけて訴えた。

参加者はおそらく川柳の作り方、川柳の上達法、川柳の歴史、川柳作品の紹介などを求めて参加したのであろう。私はその前に『川柳』と出会えてよかった!! というところから入っている。

一回二時間の前半は毎回これで費やした。そしてあなたの人生を輝くものにして欲しいと訴えた。

学問ではない。勉強でもない。自分のこれからの人生を、自分のために豊かにすることを強調した。

幸いにも川柳は人間を詠むもの、人間の喜び、怒り、哀しみ、そして楽しみを詠むものなのだ。そこには嘘があってはいけない。誇張するものではない。正直にありのままに表現する。普通でもいいのだと訴える。

私にも川柳の先生がいた。だが「川柳」の作り方ではなく「人間」の創り方を教えてくれた。私もそれに準じて語るのである。決して教えるのではなく、あくまでも語るのである。

さて、話を変えてこの講座にまつわる私の感動に触れてみよう。

前述の新柳会のいまの会長は二宮秀三さんである。昨年の国民文化祭京都大会で事前投句「脇役」の選者を務めた。その秀三さんは二十余年前にこの初心者講座から川柳を始めているのである。

秀三さんは、新聞か何かでこの講座が開かれるのを見て参加した。開講の日は一月の中旬で、新潟から十キロも離れた自宅から自家用車で出発、その日は吹雪の中を突き抜けてみたものの、途中の渋滞などで、家へ引き返そうかとも思ったという。

「たかが川柳じゃないか」と引きかえそうと自問自答しながら、新潟市内の会場に辿り着いた。

するとと会場の前に二人の老人が、吹雪の中で傘をもささず両手でしっかりと川柳講座会場のビラを高くかかげて迎えてくれていた。その感動は今でも忘れられないという。

そして、その時、この吹雪の中で笑顔で迎えている、そうまでさせる〝川柳〟とは恐ろしいもの、凄いものだと思ったと、目をうるませて今でも私に語るのである。

私も思う。「川柳は凄い!!」と。

2012-05 No.131

## 高校生川柳を考える

何事も角度を変えて見ると、意外にもその欠点というものが浮かんでくる。

現在の日本の川柳界を違った角度で眺めると、ひとつの欠陥が見える。

それは、川柳界全体があまりにも内部ばかりを見つめ、目を外に向けていないこと。つまり、もっと社会と関わりながら運動をおこしたり、作品を考えることを忘れていないだろうか。

そんなことを考えている私宛に『全国高校生川柳コンクール』という小冊子が届いた。福岡県柳川市で『川柳葦群』を発行している梅崎流青氏からである。

美しい光沢の印刷で十六ページ、ふと目に入ったのが福岡大学という文字だった。その表紙裏に同大学衛藤卓也学長の写真とその巻頭言が掲載されている。その一部を紹介してみよう。

「この度の東日本大震災の被害に遭われた皆さまに、心よりお見舞い申し上げます。一日も早い復旧と復興を、心からお祈りいたします。

福岡大学が平成十七年度から開催してきた〝高校生川柳コンクール〟も今回で七回目となりました。今回はこれまでで最多の全国一四七校の高校生八〇一八人から一七六九五作品のご応募をいただきました。本コンクールの主催者として大変うれしく思います。（後略）」

とある。

そのスタートの動機は知らないが、七回目に最高の参加者を得たことに驚くとともに、全国各地の川柳作品が福岡大学に集まったということ、これは川柳家の一人として感謝と感激の極みでもある。

私たちは、川柳の将来のために小中学生の作品をジュニア川柳と称して常に注目してきた。かつては高校生作品をジュニアの仲間に入れたこともあった。しかし小、中、高ではあまりにも年齢の開きがあり、高校生を一般の仲間にした経由がある。そのため小・中学生作品に較べて高校生作品が一般の作品に負けてしまい、発表作品が減っていったと言ってもいい。この矛盾を私は常に感じていたのである。

そうしたなかで今回の〝高校生川柳コンクール〟の開催は大きな意味があると思う。衛藤学長は更に「活字離れが進む中、わが国固有の短詩形文学に親しんでもらい、季語や切れ字が不要で自由度の高い川柳を通して、日頃考えたり感じたり思ったりしていることを表現していただこうと本コンクールを開催しています」とおっしゃっている。

そして「今回は特に、東日本大震災の影響から日本を元気にするメッセージが込められた作品が多く寄せられました。命の尊さ、人とのつながりの大切さが素直に表現され、十七歳前後の高校生たちの温かい思いやりの数々に将来への希望を感じました」とまとめている。

次に表彰された上位三句、つまり大賞一句と優秀賞の二句を紹介してみよう。

―大賞作品―

○夏のエコ一つの部屋に顔並ぶ

長崎県純心女子高校２年　生田　佳子

すばらしい作品である。作者はコメントとして「三月十一日の震災があってから、私もエコを意識する生活になりました。わが家では節電のために家族で一つの部屋に集まって、一日の出来事を話すようになりましたが、それは掛け替えのないものだということにあらためて気付くことができました」と爽やかに表現している。

―優秀賞―

○節電で夜空に星がちらばった

長崎県長崎女子高校１年　正岡憂希乃

作者はこうコメントしている。

「近くの建物の電気が消え、夜空の星が普段より輝いて空いっぱいに散らばって見えたことがあったのです」と正直に書いている。

○仕事みて父のデカさを知った夏

大分県県立情報科学高校３年　高橋　大地

作者のコメントは、

「私の父は一日の仕事が終り、家に帰ってからも車庫で車の整備をしています。父は誰よりも一生懸命働き、どんなに疲れていても私たちを笑わせてくれます。そんな姿をずっと見てきてとても尊敬できる父だと思います」

これは決してできすぎではなく、素直な思いの表現である。参考までに、この句の作品評価の最後のところを紹介すると「仕事場の父を見ました。家では見せなかった顔です。〝背中で教える〟ということを実感した収獲の夏です」とある。

残念ながら入選作品には触れられないが、私は高校生作品の真顔を見た思いがした。ジュニア川柳は小・中学生として、この高校生作品を単純に一般作品の中に入れてしまうことが果たしていいのか——と。高校生らしい若さ、純粋さ、そして意気の強さを認めてあげる方法を考えねばなるまい。

いま、ことしのオリンピック水泳選手に高校生が四人入ったというニュースが流れている。

（参考までにこのコンクール選考委員会は学長・副学長四名・事務局長・各学部長・西日本新聞客員編集委員・同大学日本語日本文学科教授・川柳家として梅崎流青氏が加わりリード役を務めている）

## 思うがままに

2012-06　No.132

私たちは、川柳をつづけることによりいかなるメリットがあったであろうか、とふっと思った。

人生が楽しくなったであろう。一日が充実したこともあろう。一句をつくるために〝考える時間〟を持つことの大切さも知ったであろう。

また、ときには周りから取り残される寂しさや、絶望感に落ちたこともあろう。

川柳は人間の、いや自分の喜・怒・哀・楽を表現することで、自分のよろこびに気づき、たのしさを感じ、またときには怒り、哀しみを感じたであろう。

そうした体験は、すべて川柳の世界に入ったればこそのものであると言える。

また、自分の物足りなさの中で自分を見つめるチャンスがあったと思う。

それは自分を知るチャンスだったとも言える。

ときには周りの人たちとの勝負に勝った負けたという真剣な体験をしたこともあろう。

もしも、川柳の世界に入らなかったら、そういうチャンスは無く、昨日の自分と今日の自分の違いさえ気づかずに過ごしたであろう。

勝った、負けたという体験は人間が生きていく中で、大切なことだと言ってよい。勝って喜び、負けて悲しむ。人間の生きる道の中で避けてはいけないことでもある。

たとえば、定年後に川柳をはじめて、現役時代で嫌というほど体験した戦いを、再び川柳の世界で体験する、こんなことは考えてもみないことだったであろう。

しかし、定年前と定年後のこの勝負は同じように見えて根本的に違う。

つまり、定年後のこの勝負は嫌ならばいつでも逃げられるからである。いつでも止めることができるのである。要はここをキチンと分けていかねばならない。

いつでも他の趣味に移ってもいいのだ。

自分の選択は自由にできる。選択する決定権を自分が持っているのである。

川柳のほかにも選べるものは山程ある。近くのカルチャーセンターを見れば一目瞭然である。道は自分で決めるのだ。

そうした中で、私は自信を持って『川柳』を奨めたい。それは私が六十余年、川柳と取り組んでの体験から言えることと、川柳はいまの自分をいともやさしい日本語で自由に正直に表現できるから奨めたいのである。

いまの自分の「よろこび」を五七五のリズムにのせればいいのである。また「怒り」を感じたときにはその怒りをブチまければよい。「哀しみ」があればこそまた率直に表現する、いや表現できるのである。こんなことは又とないチャンスではないか。

何もむずかしく考えなくていい、率直に表現することだ。

そしてそれを他人から見て貰う。伝わらなければ自分で伝える努力をすればいい。

自分の想いが、読む人に通じたときのよろこびは大きい。相手が共鳴してくれたときのよろこびは更に大きい。

今回は、ペンの流れるまま思うことを書かせていただいた。ありがとう。

もうひとつの話題を提供したい。

慶紀逸《けいきいつ》二五〇年記念講演句会が、五月八日に東京で開かれた。

この慶紀逸という人は『誹風柳多留』の刊行前に『誹諧武玉川』を編んだ誹諧師であり、附句の独立鑑賞から川柳への道を拓いた恩人として知られている。

今回、東京の台東川柳人連盟、川柳学会、川柳さくらぎ、とうきょうと川柳会が実行委員会を作り、この行事を担当した。

慶紀逸の命日が宝暦十二年五月八日であり、その過去帳が台東区谷中の龍泉寺にあったことから、龍泉寺住職土田恵敬和尚らで法要が行なわれ、地元の来賓として都議会議員や俳文学者ら、加えて多くの川柳家らが参列された。

私も日川協代表として参列、法要は二五〇年という年数を忘れさせるほど実にあたたかく、そして身近なもので参列者全員が感動し、改めて川柳が持つ人間性を実感し合えた。

その後、会場を谷中コミュニティーセンターに移し、記念講演「俳諧史から見た紀逸」を前立教大学教授で俳文学者の加藤定彦氏が、「川柳と慶紀逸」を尾藤三柳氏が語られた。つづいて宿題十四字「武勇・佐藤美文選」、十七字「たまげる・大野風柳選」、十四字「代わり・渡辺梢選」、十七字「契機・竹本瓢太郎選」、十四字十七字「江戸・尾藤三柳選」の披講があり、約百名の参加者は十四字と十七字の作品に興味を持って耳を傾けていた。

今回の企画は、三年後の「誹風柳多留二五〇年」を見据えてのもので、文芸川柳二五〇年の節目を機に全国的な運動として社会への飛躍をねらい、また川柳そのものを真剣に考える機会になるのだと思う。

2012-07 No.133

## 外の風に当たろう

ことしもまた、日本現代詩歌文学館の贈賞式に参加した。一年に一回のこの詩、短歌、俳句の最優秀詩集、歌集、句集の表彰も第二十七回を数える。

当日は審査員のことばはもちろん、受賞者本人の喜びのことばを聴くことが、日頃川柳と取り組んでいる私にとって、最高の時間であり、新しい発見の一日となっている。

受賞の作品を読んでの感動もあるが、その作者の声を聴き、表情を拝見することが何よりの勉強となる。

ことしは、特に詩部門で受賞された須藤洋平さんに注目が集まった。一九七七年に宮城県南三陸町（旧志津川町）に生まれ、小学四年生頃からトゥレット症候群、さまざまな合併症と闘病、谷川俊太郎、辻征夫氏らの影響を受け、八年程前より詩を読み書き始める。なお二〇〇七年には私家版詩集『みちのく鉄砲店』で第十二回中原中也賞を受賞している。

私は会場でさっそく詩集『あなたが最期の最期まで生きようと、むき出しで立ち向かったから』を買い求め、北上からの帰路、車中で読み通した。

須藤洋平さんは昨年の三月十一日は仙台にいたという。主治医からトゥレット症候群の診断書を受け取るため南三陸町を離れ、仙台駅前で被災したとある。いわばそこからこの詩集が生まれた。

当日の受賞のことばに「人間は境界線を引かなければ生きてはいけないと思います。けれど、震災で亡くなった方々や震災そのものにいつまでたっても線引きできずにいました。生死を別けたものは、紛れもなくただの偶然でした。気紛れに生きる他ないのだろうかと考えたりもしました。僕の詩を読んでくださる方々が、少しでも生の質感のようなものを感じとって下さったならば、それが無理やりではない自然な線を引いてくれるのではないか。そう思いながら祈るように書きました。」とあった。

ページ数は七十ページ足らずのこの詩集を、私はとてもとても重く感じた。そして車窓から見える新緑で、なぜかホッとした。ことばで表現できない無責任のような安堵感だった。

選考委員を代表して堀場清子さんはこうまとめられた。

「大震災に連動した原発の危機の過程で、私たちの社会からは信頼が失われ、不信と不安の暗雲が垂れ込めている。私たちは信頼できる社会を、根底から創り直し、再生させねばならない。

須藤さんの詩業にきらめき、謳いあげられた、生きることの〝歓喜〟こそ、その出発点となりうるだろう。この詩集の純粋さと、それゆえにもつ力とを、心から称える」と。

当日、もうひとつフォーラムがあった。〝大震災と詩歌〟というテーマで篠弘文学館館長が司会でパネルディスカッションが行なわれた。詩人財部鳥子、歌人沖ななも、俳人友岡子郷の三氏でそれぞれ作品を挙げてのものであった。その時配布されたプリントの資料の中に谷川俊太郎の詩「言葉」が載っていた。川柳も言葉で表現するもの。あまりにも凄い作品なので、機会があればぜひ川柳家の皆さんも読んでいただきたいと思う。

## いまとその先

2012-08 No.134

いま、川柳はいろいろな面で社会への出番がある。かつては考えられないことである。

この出番が無かった頃、私たちは川柳を自分たちだけのものと考え、これでいいのかと、真剣に川柳作品を見つめ、もっと深い川柳を作ることによって満足を味わっていた。

伝統を守る人たちは、これまたまじめに伝統を考え、革新派はいわゆるポエムのある川柳をと、まっしぐらに突き進んだ。

この真剣さが自ずと川柳という文芸を高めていったと思う。

さて、現状の川柳界はどうであろうか。もう何度も言っているので省略するが悲しいことだと思う。

幸いにも、最近の大会などでの受賞作品が、その時の選者たちの姿勢もあって、徐々に高まってきている。

そんな状況の中で、今回、第一回東北川柳文学大賞作品が近く発表される。

これは東北川柳連盟が主催で、ことしから設置された大賞であり、その結果を楽しみにしている。

昨年は東日本大震災という災害の中、〝がんばろう東北〟というキャッチフレーズを掲げて、全日本川柳仙台大会が開かれ、その他、災い転じて福とする空気が東北全体に広がり、日本全体がそれへの支援活動に入った。

この大賞もこのひとつの現われと言ってよかろう。

私も昔から東北の川柳に接してきたが、とかく重くそして固くという印象が強かった。中にはユニークなグループも存在していたが、総じてそう言ってよかろう。

そのような中で、この東北川柳文学大賞の出現は、まさに絶好の企画と私は思っていた。参加者は東北六県在住に限られているのもよい。

全国各ブロックでこのような企画が出てきたらと考えるだけでもワクワクしてくる。

地域の香りがする川柳作品がこのようなことによって輝いてきたらと思うだけでも嬉しくなってくる。

話題を変えよう。先日テレビで十二年ぶりに復活した『ものまね王者決定戦』を見た。かつての四天王に挑むというキャッチフレーズである。

トーナメント方式で一回戦で四天王は消えた。そして三名で決勝戦を行なった。その中でミラクルひかるが優勝を果たしたが、よろこびを語るなかで、よろこびのことばの中に「ものまねごころ」があるのに気づいたと言った。よろこびを語るなかで、フーッと出たことばと見た。

私はこの「ものまねごころ」を聞いて、なんとなく分かる気がした。説明はできないが――おそらく彼女も説明ができないと思った。

感動の中でフーッと出たことば、私はそのことばの重さを感じた。

「うたごころ」という表現、それは「ものまね」にも通用する、それだけではない「ものまねごころ」がある気がする。

「ものまね」という表現の中にはニセモノという感じはぬぐい捨てられないもの、そのニセモノにも「こころ」があるのだ。

私ども川柳家は「せんりゅうごころ」をもっと持たねばならない。

それはあなたの、いや「自分のこころ」があるはず、「ものまね」にも「こころ」があるのだ。

もっともっと自分のこころを川柳で表現すべきではないか。

ひょんなところに凄い表現があるもの、ひとりひとりがまじめに自分の川柳を考えようではないか。

四天王が一回戦で消えた。このことは「ものまね王者」も次の時代の人づくりのひとつであると見てよかろう。

それは自然の常識なのかもしれない。

2012-09　No.135

## 六大家を語ろう

ロンドンオリンピックが終わった。多くの感動を生み、各種目それぞれすばらしい記録と、その記録を生む感動に酔い痴れた。

中でもやはり、なでしこジャパンの活躍が話題を更に盛り上げたと言ってよい。

結果は銀で終わったが、試合直後のあの涙は表彰式には全く無く、選手たちの笑顔は実に美しかった。さすがである。

今回、日本から贈られた激励や、お祝いなどのことばの最後は「ありがとう」だった。ありがとう以上の感謝のことばはないのだろう。日本国中がこの「ありがとう」で満ちた。メダルは合計三十八個を獲得した。これまた「ありがとう」である。

話題を川柳に戻そう。いま、六大家をもう一度見つめてみようという動きが出ている。

そのひとつとして、数年前から八月二十五日を〝川柳の日〟とする動きが東京から出ているが、今年の八月二十五日に〝川柳発祥の日を祝う会〟を浅草の隅田公園リバーサイドギャラリーで開き、『東京の三大家を語る』座談会を行なう予定だ。川上三太郎を大野風柳が、前田雀郎を尾藤三柳が、そして村田周魚を竹本瓢太郎が語ることになっている。主催は川柳学会と台東川柳人連盟。

私は幸いにも六大家と直接ことばを交わすチャンスがあって、その偉大なる人間像に触れ魅了された。

六大家がそれぞれ川柳観を打ち出し、ひたすら信じる道を駆ける姿を拝見しているだけに、この東京での三大家を語る座談会の意味は実に大きいと言える。しかも、川上三太郎を語るチャンスを与えていただきありがたいと思う。

私が二十三歳のとき、『柳都』を発行して三年目の四月に、川上三太郎と出会えたのである。秋田から高岡へ行かれる途中に新潟へ下車された。私はさっそく同志を集めて歓迎句会を計画した。

川上三太郎の目に二十三歳の私がどう映ったかは知らない。ただ私は、川上三太郎からことばをいただいただけで感動にふるえた。それだけで充分だった。川柳を作ってきて良かったとそう思った。

その翌年の昭和二十七年に開催した新潟県川柳大会に川上三太郎を招いた。参加者四十五名も三太郎の弁舌に酔った。翌日、私は川上三太郎と北夢之助の三人で佐渡へ渡った。観光だけでなく佐渡療養所で講演をしてくださった。その帰りの「おけさ丸」の中で、私は正座をして三太郎に申し上げた。「私は小さいながら柳都川柳会（当時）の主幹をやっております。私個人は先生の弟子にしていただきたいと思っておりますが、柳都は私のものので、先生の弟子ではありません」と。何の衒いもなく自然に出たことばであった。正座の私を「ほーっ」とことばを発し、優しい瞳で見つめてくださった。いまでは冷汗三斗の思いである。

この時から三太郎の私への仕種が変わったと思う。

学校を卒業し、社会人になったと同時に柳都主幹となった私は、川上三太郎から人間の在り方、吟社主幹とは、人と共に生きるには、その中味は常に鋭と鈍、表と裏、右と左、上と下など常に両面を見抜く生き方を学んだ。

私はバランスを心得ているとよく言われるが、これは川上三太郎から学んだのである。

もうひとつある。三太郎は常に日本地図を眺めていた。おそらく川柳の分布や、指導者の発掘などを考えていたのであろう。

数年後、突然「君は東京へ出るなど考えるな。新津と新潟と新発田を結び三角形を考えよ」と言われたことがある。それから私は、地元をガッチリと固めたことを思い出す。

もうひとつ。川上三太郎単語の凄さである。短いことばで深く語るあの凄さである。

少しばかり紹介しよう。

川柳は
あらわす芸
であると共に
かくす芸
でもある

あらかたの
句会は
始まる前に
終っている

余白がなくて
隙間のある
句がある

二つを
混同している
からであろう

究めずして
教うる者は
その道の
何たるかを問わず
教わる人こそ
わざわいなるかな

句の目方は
自分の目方
と同じである

べきである

今回は川上三太郎に限って書いたが、あとの五大家も偉大な指導者として活動された。ぜひ語る人の出現を期待する。

# V

# 川柳の教科書は自分の中にある

川柳は凄い

# 川柳を語る

2012-10 No.136

いま、高倉健のことが世間の話題となっている。

久しぶりの映画出演で、テレビなどでもその紹介がされた。私も八十一歳の高倉健の表情や仕種などを、じっくりと楽しませていただいている。

NHKの〝プロフェッショナル〟という番組で映画の中味や、高倉健の表情、ことばを数々紹介している。

「五十六年、映画の中に人生を求めた。こういう生き方も悪くないですか」と言っている。

この二〇五本目の舞台裏も紹介された。

若い俳優には「緊張はいいけど、遠慮をするな」と自ら自分の側に人を寄せつけている。

私は、高倉健が両手に何も持たず、立ちつくしている姿、何も持たずにゆっくりと歩く姿に魅力を感じる。ペーソスというか、それは背中で表現する哀感である。

また、食についても平凡な食事で、毎日同じものを必ず採る。六十七キロの体重を保つ、血糖値を必ず測る。あごをぐっと噛む、ウォーキングをつづける。体を守らないと俳優はやれない。体がただひとつの資本。

また山本周五郎が書く男たちの生き方などを読み、自分が決めて、それを実行する。ひとつひとつすばらしいことだと思う。

「せりふのない方が、何かが伝わる。じわーっとあたたかくなる」とも言っている。

この「じわーっとあたたかく伝わる」は、川柳作品についても言える。説明はできなくとも伝わってくるもの、それが喜びにしろもの悲しさにしろ、何でもいい、そういう世界を川柳に求めている自分に気づいた。

今回の映画の最後に、妻の願い通りに海へ散骨をするシーンがある。その船に乗った大滝秀治の「久しぶりにキレイな海をば見た」という実感こもることばで、高倉健は涙したという。

知や、理ではなく理屈のない美しい光景ではないか。

撮影が終わったとき、ひとりの中学生が学校を早退して飛んで来てくれたという。地元の人たちとの絆もさすがである。

最後に彼は目を赤くしてつぶやいた。

「プロフェッショナルとは、なりわいだと思う」と。

話題を変えよう。私はいくつかの川柳教室を持っている。大体二十五人から十五人くらい。

ふっと思い出したが、某講師が豪華船に乗ってグループ討議をした際、何人のときに熱が一番入るかを試みたという。それは八名だと結論を出した。それはひとりも船酔いが出なかったからだと言っている。

川柳教室の場合、作句、選評、話し合いが入るが、実は会が終わったあとに四、五名で行なう、コーヒーを飲みながらの雑談が最高に楽しいと言われている。

それは先輩、後輩がひとつになって今日の入選句、または没句、日常の作句などなど自由に本音で語れるからであろう。

気がついてみたら、川柳を作る、そして入選を決めて貰うだけでなく、川柳を語り合えることを忘れているようである。

川上三太郎単語の中にも次のようなものがある。

川柳を／つくる／のはやさしい／が／語る／のは／むずかしい

そうだ。われわれはもっともっと川柳を語ることを考えようではないか。どうも、川柳を語ることを避けてきたようである。

—昭和五十三年六月発行・鑑賞川上三太郎単語に私はこう応えて書いている—

理論をふり廻すことはやさしい。どこかから借りてこれるからだ。正しいことを言うのはたやすい。決まっているからである。

しかし、「語る」ことはむずかしいものだ。その人の呼吸がなければ語れないからである。

## ことばの魅力

2012-11 No.137

先に高倉健のことに触れ、その中に大滝秀治の「久しぶりにきれいな海をば見た」で、せりふにはない涙を流したと書いた。

その名優大滝秀治が亡くなった。私にとって大きな大きなショックであった。

高倉健は、実はこの映画「あなたへ」の映画を最後に、引退を考えていたという。しかし、この実に当たり前の、普通のせりふでの感動で再びやる気になったそうである。

この四、五日の間にいろいろな人が大滝秀治の思い出を語っていた。

そこには〝つまらないことばの深さ〟とか、〝役者で普通にやることの重さ〟とか、〝芝居を楽しいと思ったことがない〟〝他の人間とはっきり区別を持つ〟などなど、大滝秀治の語録が紹介された。

これらのことばは、そっくり川柳にも言えるではないか。

とくに〝他人とははっきり区別〟のことばに私は感動を覚えた。そして全身を洗われた思いだった。

さて、そんななかで川柳家中村冨二のことばを思い出した。それは「どんな天才でも作者自身にとって、作品は自分を超えない」ということばである。さらに、もうひとり森繁久彌の残したことば「人間が出来てはじめて芸ができる」が浮かんだ。

その「人間が出来る」という表現の中には幅広い内容を私は感じるが、自分を少しでも高める――そんな様に私は受けとった。

川柳もひとつの文芸である。その川柳を小手先の技法を使ったり、飾り立てても真の川柳とは言えない。

初心者は初心者らしく、自分をそのまま表現すればよいし、中堅作家は少しでも自分の川柳を極めていくべきである。

更に指導的立場の人は、自分との対決の中から作品を書いて欲しい。

私はかつて大会において合点制を用いた。しかし、ある時、川柳作品を数字で表現する、つまり一点とか三点とかでの評価に変えることの誤りに気づいた。そして直ちに合点制を止め、各選者が責任を持って推薦する特選、秀逸に賞を贈ることにした。もう四十年も前のことである。

合点をする人たちにも意見があろう。だから議論が必要となる。意見を出し合って話し合うべきときが来ている。

もうひとつのことを提起してみよう。それは川柳大会でも誌上大会でも共選というものがある。同じ作品を二名以上の選者で選ぶ方法である。なぜその方法を採用するかを考えると、一人より二人の方が投句側からすれば入選する可能性が多いこと。もうひとつは選者を多くの人に依頼できる、つまり選者になれるチャンスが多く作られること。

また主催者側からのサービスとして傾向の違った選者を並べて投句者に提供できること、そんなことが考えられる。

果たしてこれでいいのだろうか。私は両方の異なった意見を聞きたいと思う。どちらが正しいかの前に議論をして欲しいと思う。

没句者を少なくしてあげたいことも分かるし、それよりも作品の向上、個人の向上が大切だということも分かる。だから議論が必要だと思う。

疑問を持ちながらそのままでいる川柳界でいいとは誰も思ってはいない。だから議論が必要なのである。

さて、私はお話をする機会が多く、そのためにいろいろなことばを引用してきた。ひょいといいことばに出会うと、すぐ私の手帳に書き込んだ。その手帳も十冊に近いほどになった。古い手帳、新しい手帳の関係なくそれを読む。忙しい私にとってそれが大きな癒しの時間になっている。

最後にその中からいくつかを紹介してみよう。

○急いで大人になるな。
○一番を目ざすより特別を目ざせ。
○自分へのタクトを振れる人に。
○選択肢は後ろには絶対ない、常に前にある。
○個のゆらぎがあって、集団が生きる。
○落葉は、秋風を憎まない。

などなど、いまではこれらのことばは私の人生訓になっている。

ありがたいことである。

## 広い世界を味わった

2012-12 No.138

もう十五年も前のことである。「老人は死んで下さい国のため」という川柳が問題になったことがある。

問題とは否定だということにつながる。私はこの川柳を見て〝うまい!!〟と思った。説明をすると、私が〝うまい!!〟と思ったことが小さいものになってしまう。直感的に凄い川柳だと思ったわけである。またこれが川柳だとも思った。自分では表現できない川柳だった。

間もなく、この川柳への反論が出はじめ、大半が否定の動きとして出てきた。私は考えた。そしてひとつの大胆な実験を試みた。

新潟で高齢者の大会があり、その講師に選ばれた。私は集った数百人の老人たちに講話の中でいきなりこの川柳を読みあげた。

結果は全員が笑い出したのである。その笑いはしばらく続き、老人たちは隣り同士で顔を見合わせながら笑った。

私は壇上でひとり最高の満足感に浸ることができた。

これは一例である。川柳には幅広い理解者がいるものだと痛感した。

最近、気になることがある。それは全国の川柳結社で〝誌上競吟〟が急増していること。もちろん各結社で年一回で開く川柳大会はあるが、なんとなく川柳大会より誌上競吟大会の方へ流れ込んできているように見える。

これには川柳大会などでは遠距離のため出席が出来ないとか、時間がとれないとか、その点、誌上大会ならば自由に参加できるという利点がある。確かに誰もが平等に参加できることは有難い。

しかし、ひとつの会場に集まる。そして挨拶を交わし、手を取り合って語り合う。握手の温さを感じ合い、川柳の仲間としての絆を確かめ合う。その効果は大きい。

川柳はもともと座の文芸だとも言われ、人と人との間に作品が生まれる。更に選者による披講、その間のスリルなどなど、誌上での選句を知るだけの競吟とは根本的に異質のものだとも言える。

川柳は、人間がそこに存在し、ことばで伝わる喜び、感動が大きな価値と言える。私は誌上競吟を否定はしない。誰もが自由に参加できるチャンスは貴重と言える。だから片寄ることなく、この二つの企画を調整しながら開くことを望みたい。

いかがなものであろうか。


ことしの秋に一〇一歳を迎えられた日野原重明先生は、ますますのお元気で全国、いや世界にまでお出掛けになっておられるが、今回『いのちの使いかた』という新著を刊行された。一〇一歳の現役にも頭が下がる。私は先生の新老人の会に参加、新潟県支部の世話役としてその活動に参加、本部会報の川柳欄を担当している。全国から集まる川柳は、初めての投句が多く、実にすがすがしい作品に驚いている。

その新著の巻頭の〝人生を変える希望のメッセージをあなたへ〟の十項目のすべてに私は感動したが、その中のいくつかを紹介してみよう。
○人間は運命を生きるものではありません。

人間は生きかたを変えることができる。
過去は変えられませんが、未来は自分でこれからつくれるものです。
○やろうと思うだけでは、やらないことと同じです。行動こそが勝負です。
○長生きもいいけれど、〝1日を長く生きる〟ことも大事です。
○〝創《はじ》める〟ことは年齢にいのちという水を注ぐことです。
○昔は〝余生を暮らす〟と言ったものですが、余った生、余生の生などというものはありません。
○100歳を過ぎてもわからないことがまだまだある。それを知りたい、わかりたい、追いかけていきたい。その気持ちがあってこそ精いっぱい生きていけるのです。

これらの〝ことば〟は過去にもいろいろな人が同じような言葉で表現されている。しかし、私は日野原先生の行動を見ており、その生き様を知っているから、実感として迫ってくるのである。尊敬しているから輝いて迫ってくるのである。その実感を私はしみじみ私のものとして幸せを感じる。

## 二つの話題

2013-01　No.139

正直言って最近川柳を作っていない。これにふと気づいた。大会に出ても、また句会のときも句を作らない。そしてそのことに焦りもなければ反省もない。

他人様から句を書いてくれと言われても二十年前、三十年前の句を書いている。ペンと違い毛筆で書くときはたとえ数十年前の作品であっても、文字の配置や、筆の運びを変えることによって、いまの私の作品になるということに気づいた。

さらにいわゆる書道という約束を全く知らないままで書いてきた。だからいまの心境が加わりいつも新鮮に書ける。そしてその作品があたかも新しい作品になってしまう。

また「風柳」というサインも常に変化していることに気づいた。新しい発見である。

私はいま、川柳総合雑誌「オール川柳」と「川柳マガジン」に書いた現代川柳時評を、真剣に読みかえしている。当時の書いたときの心境により、激しい怒りや、冷静な判断、またペンの流れるままに書いていく自然体、いろいろと今だから分かるものに気づく。

そしてそういうなかから、また新しい発見が生まれる。

自分が書いた文(句も然り)を読んでみて感じることは、文や句はまさに自分の落し子だとしみじみ感じた。

川柳界への怒り、喜び、悲しみがそのまま表現され、そこからまた私の新しい発想が出てくるのだ。

自分の書いたものに、ウンウンとうなずきながら、そこからまた新しい私の川柳説が生まれてくることを知った。

私はいま大会や句会、そして教室で没句を大切に保存しておくことを奨める。さらに川柳について自分が思うことを素直に、そのまま文として書いておくことを奨めている。

数年後、改めてそれらの句や、文を読んでみると、必ずそこに、書かれているあなたの考えからまた新しい考えが出てくる。それを大切にして欲しいと。

教科書は自分の中にあるのだ。これを実行して欲しいと説く。自分の体験の中から必ず気づくものがあるのだと――。

話題を変えよう。昨年の暮れに新潟県の文芸評論家である若月忠信さんと、新津美術館で〝にいがた文化の過去・現在・未来を語る〟というテーマで公開対談を行なった。県内の各界での成功者六名を選び、六回に亘っての対談で、その六名の中に川柳を選んでくれた。ありがたかった。数日前に内容の打ち合わせがあったが、若月さんとぶっつけ本番の方が聞く人に喜ばれるだろうと意見が一致、さらに過去の話題ではなく、新しいテーマで新しい内容でいこうと決めた。

若月さんは川柳についても知識と興味を深く持っており、私の川柳句碑四基の作品から始まり、《蟹の目に二つの冬の海がある》《としがいもなく砂浜を駆けてくる》《ふるさとの風に道あり花の種》そして岡山県弓削南町川柳公園の《旅先で定価通りのくすり買う》について語り合った。

興味があったのは《蟹の目に》の作品を若月さんはバランスの世界と鑑賞し、私は蟹の命の重さの表現としたことで、この両者の違いがおもしろかった。

この対談で私の父母についての話題となったが、私にとってとても貴重な展開となった。

私は七人兄弟の末っ子、私とすぐ上の兄とでは年齢が十歳も違った。私は父母が四十六歳のときの子供であり、一人っ子のような環境に育った。

父は新津駅前通りに明治時代に雑貨商店を開き、信越線、羽越線、磐越西線の新津駅乗り換え客を受け入れての商売を狙った。その店先に一枚の看板を立て、駅から百メートルの店に人を集めようとした。

その看板は、駅側の方に「ナイモノハアリマセン」と白地に赤のペンキで書き、その反対側には「ナイモノモアリマス」と書いた。私などは子供の頃、ナイモノやの子供とさえ呼ばれていた。

この片仮名の看板が、大野風柳を生んだと若月さんは言う。そしてその文を考えた父のDNAだとも言う。父は昭和二十二年に亡くなり、私は昭和二十三年に柳都川柳会(現・柳都川柳社)を結成した。残念ながら私の川柳を一句も父に見せることができなかった。また、それでよかったとも思っている。

## ひとつの指導法

2013-02　No.140

イチローは話の中で、よく「しなやかな体」とか、「しなやかに生きる」という言葉を使う。そして、一弓(愛犬の名)とたわむれるときを大切にしているという。それがホッとするひとときという。

この欄でも私はイチローについて今までいろいろと触れてきた。その中に「全くわからないから全力をつくしている」という言葉があるが、本当に凄いと思う。

私はこの一月六日で八十五歳を迎えた。全くいつのまにか八十五歳になったというのが本音である。

それまであまり歳には関心がなかった。

一昨年、私は帯状疱疹になってから、更に昨年の春から腰の痛みに苦しんでからなんとなく体をいたわれるようになった。二十六、七年前に大きな手術を二回経験したときに自分をいたわった当時のことをふっと思った。

これは弱気になったのとは違った不思議な感覚である。そのいたわる思いは自分だけで味わうもので、他人には話しても通じないだろう。

なにかふっとイチローが愛犬とたわむれているホッとするひとときと同じ思いのように思う。

そして、八十五歳というものを自分ひとりで味わおうと思っている。

さて、私が三十余年指導をしてきた川柳会に「新柳会」がある。私が五十二歳のとき、新潟厚生年金会館で年金受給者の川柳講座が開かれた。その指導を頼まれて五回程の講座が終わって、有志が集って出来たグループである。それから今日まで毎月一回、土曜日の午前十時から十二時までの勉強会が続いている。

今では六十名くらいの大世帯で殆どが年金受給者である。

しかも二時間の前半は私の川柳トーク、後半は集句全句の句評後、◎一句、⦿三句、○印二十五前後を発表する。それを三十余年つづけてきた。作品は課題吟とした。句評を聞くときに焦点を絞って聞けるし、自分が苦労して作った体験の中で他人の句が聞くことが出来、着想や表現での違いを実感できるからである。

ただ、集まっている人のキャリアの違いは歴然としている。選句は無記名、したがってベテランは褒められ、新人はけなされる。あえてこれを続けてきた。新人がまたこれに耐えてきた。

それは、前半の私のトークで満足感を持ったためかと思う。これは私の作戦でも何でもない。やってみて分かったのである。

前半のトークとは、私が川柳をつづけてきたなかでの感動や喜びや、驚きや、悔しさ、そして満足感などなどであった。

とにかく私は川柳をして良かった!! 師のこと、弟子のこと、むしろ弟子から学んだことにも触れた。家庭内のこともある。私の体験を懸命に訴えた。

やがては川柳への感謝、師への感謝、弟子への感謝、それらをどっさりと語ってきた。いや今も語りたいことがワンサとある。

いま、抱えている問題まで話す。

静かにふり返ってみると、話に熱が入れば入るほど、記憶は無限に広がることを知った。

言葉で語る、それを聞く。この二つのことが私に大きなパワーを与えてくれたのだ。

いま、私の周りにいる人たちが、私の選を聞くよりも自分から語ってみたいと言い出している。話題は川柳一句でいいと言う。

私は嬉しかった。川柳を語りたい人間に育って来たのかと——。

いま、フッと浮かんだことがある。私は家で選句をするとき、句を声に出して読むことに気づいた。黙読ではなくつぶやくのである。この三、四年程前からかと思う。大会や句会の際に選者室で選をするときはさすがに黙読するが、一人だけのときには必ずつぶやいている。

声を出すことは、自分にも聞いて貰うためにも大切なことではなかろうか。

大いに声を出して句を読んで欲しい。

川柳家もことしは「しなやかな生き方」をしようではないか。

## 大切な話題

2013-03　No.141

私は、昔からコロッケが好きである。誤解があると困るので申し上げるが、食べるコロッケでなく、ものまねの名人コロッケのことである。

二十数年前、新潟でコロッケが来て歌うというので、無理をしてまで前売券を求めて会場の新潟県民会館へ出かけたことがある。

彼はまさに一人舞台で歌いまくった。最後に「これが私の歌です」と一曲を歌った。

改めてコロッケのうまさに驚いた。そのとき私は直感的にコロッケが歌手に転向するなと思った。

そんな思い出がある。

たまたま、この前テレビでコロッケがインタビューを受けていた。

彼は物真似のコツに触れてこんな話をしていた。

それは歌手、たとえば北島三郎、五木ひろし、森進一、山本リンダ…などなどのものまねのコツは、ことばの無い、歌の無い時間の表情やそぶりをつかむ、つまり「目で聴く」ことだと言っていた。

つまり、耳で歌を聴くのではなく、目で聴くそうである。それが秘訣だという。

そして表情を視る、しぐさを視る。それに徹したという。

私はそのとき、ふっと「聴眼視耳」のことばを思い出した。

この四文字は、私が現役のとき、企業でのトークでよく口にしたことばであっただけに興味を持った。

指導者として、大切な部下との接触法だと私は訴えつづけてきた。

コロッケもそのときはまじめな表情だった。更にこんなことばをつけ加えた。

「僕には、ものまねで人の役に立っている喜びがあります」と。

彼は楽屋ではなく、人前でものまねの勉強をするという。また、こんなことも言った。

「馬鹿げたこと、ふざけることのものまねで人の役に立つ。その喜びは大きく、ありがたいです」

最後に「コロッケさんは、十年後も、ものまねをするつもりですか」と聞かれたとき、彼は一瞬真面目な顔になり、こう答えた。

「ものまねをつづけます。ふざけすぎていますね」

そして間をおいて「わかりました」と。

まんなかが省略されているが、この「わかりました」を私は重く受け止めた。

コロッケの話から「聴眼視耳」のことばを思い出させて貰い、一層コロッケが大好きになりそうだ。

「コロッケさん、ものまねを一生続けてくださいよ」。


話題を変えよう。

さて、現在の日本の川柳界を冷静に見つめて、ひとつのことに気づいた。

それは、全国の川柳作品がひとつの傾向にまとまりつつあるように思うことだ。つまり、一色の川柳に近づいているように見えてならないのである。

私は以前から「みんな違って、みんないい」と説いてきた。川柳を指導するときは私の句風に巻きこまぬよう努めた。それよりその人の作品を見ながら、その人の持つ世界を予想しながら、作品もそれに合った方向に導いてきた。

いわばマンツーマンの指導である。Ａは Ａなりのもの、Ｂは Ｂなりのものを生かす指導である。そんなこと出来るかと言われそうであるが、やり抜いてきた、とはっきり言える。

これが六十余年の私の指導法である。

作品の指導は無記名ではやれないし、Ａは Ａの指導、Ｂは Ｂの導き方があると思う。だからこそ全国の作品が統一されることに一種の焦りを感じるのである。

現在、無記名で選をすることが公平だと思う人が多いと思う。記名選にすれば依怙ひいきになると言うだろう。川柳はもう、このことから脱却する時代だと思う。

だから私は、その作者と対面するようにしている。作者を知ってはじめて真の選句ができるのである。

このことについてじっくりと語れる友を私は持ちたい。

大会や句会での競吟は、これとは違った世界だと気づいて欲しい。

日本の川柳があまりにもまとまりすぎ、何ら議論の必要がなくなってしまうことが一番情けないことだと思うのだが。

## わたしのおしゃれ

2013-04　No.142

私は、大会などでよく川柳トークを頼まれる。もちろん作品の選もするが、自分の川柳への思いを伝えるには選句よりもトークの方が手っ取り早い。

いつも選の披講だけでその大会を去るには、もの足りなさを感じている。

先日、白鳥が五、六千羽集まる新潟県の瓢湖畔で川柳大会を開いた。四十年近く毎年開いており、大きな名物ともなっている。

白鳥の鳴き声が響く湖畔で「コーイ・コイコイ」と餌を撒く吉川繁男さんが逝くなられて、数年ぶりで今年からこの「コーイ・コイコイ」が斎藤功さんの担当で復活した。

野生動物である白鳥らは、この呼び声で親鳥の元へ寄るように集まってくる。

真っ白な雪景色と、真っ白な白鳥、そして茶色の野鴨の色どり合戦も見事である。

その白鳥を観る川柳の集いに、私は新しい企画を加えた。「なんでも答えます」である。

受付で参加者から日頃の疑問や意見を紙一枚に書いて貰い、それを私が川柳トークとして答えるという、一時間を取り入れたのである。

質問の内容もさまざま、例えば「いつも説明句と言われています。どうしたらいいのでしょう」「定型は守らなければいけませんか。七・七はどうですか」「柳都の〝ちょっとはいしゃく〟で触れていましたが、大会などで選者自身が投句されることはどうなのでしょうか」「私は直感だけで川柳を書いていますが、これでいいのでしょうか」などなど、ためらいもなく自然にズバリ書いてくれて嬉しかった。

これらの質問の答えは、指導者によって違うであろう。それでよいのだ。自分の信じる答えをそのまま答えればよい。はっきりと答えればよい。

正解とか誤りなどはない。人によって違っていい。ただはっきりと答えるのが大事なのである。

集いに参加した当日の選者たちも、自分なりの答えを考えた筈、それでいいのだ。その考える時間が大切なのだ。

この質問の中に「七・七調はどうなのですか」があった。現在の全国の川柳誌でも七・七調が雑詠欄の中で散見されているし、私も雑詠欄に七・七調も取り入れている。

これについては明治時代、関西の川柳作家・小島六厘坊のことばに「七・七調は川柳ではない。しかし川柳家として大切に扱うていかねばならない」というのがある。

私も、この考え方で七・七調を受け止めている。

さて、多数の質問の中には、とてもユニークなものがあった。それは「主幹がおしゃれとして気をつけている一番と二番のポイントは何ですか?」である。

私は一瞬ドキリとしたが、瞬間的にひとつの答えが浮かんだ。それは「姿勢」である。

質問者の書いた「おしゃれ」とはズレているかも知れないが、八十五歳の私のとって実に素直な答えだったと思う。

会場はどよめいた。いろいろな受け止め方であろう。しかし誰がなんと言おうと私は満足した「姿勢」だった。

あえて、私は二番目には触れなかった。

もうひとつ紹介しよう。それは「今年柳都六十五周年に当たって、主幹がいま一番強調したいことは何でしょうか」であった。

その日は時間が足りなくて答えがぼけてしまったが、私は〝ありがとう〟の一語だけだと思った。

それはすべてのものへの〝ありがとう〟である。私を支えてくれた人へのありがとう。多くのすばらしい作品に出会えたありがとう。無言の中でいろいろと教えてくれた師に対してのありがとう。表面に出ずに陰で支えてくれた人へのありがとう。どちらかと言えばワンマンの私に拍手を送ってくれた人へのありがとう。とにかくすべての人へのありがとうである。

小金沢昇司の「ありがとう…感謝」の歌がある。これをひそかに練習して、六十五周年大会の舞台で歌うことも考えたが、もうキザなことはやめよう。ただ、たったひとこと、心をこめて頭を下げて「ありがとう」、それで十分であろう。

私の川柳の友であった橘高薫風さんが、よく〝川柳さん〟の言葉を使っていた。大阪訛りのその〝川柳さん〟の中には、この「ありがとう」がいっぱい詰まっていると思う。

私も越後訛りで「アリガトー」をつぶやくことにしょう。そうしよう、そうしよう。

# VI

# 川柳は怖い

## 川柳におべんちゃらは通用しない

# 新しい自分との出会い

2010-01

昨年の柳都岡山の会十周年大会のスローガンは『新しい自分との出会い』とした。ひとつの大会で何かを感じとり、小さいながらも新しい自分の発見を願ってのスローガンであった。

その後私が大阪へ行ったとき、ある人が私に話しかけた。「風柳さんは、岡山の地で柳都の花を咲かせて嬉しいでしょうね」と。私はその時は笑って過ごしたが、まだこのようにしか受けとめられない川柳界が悲しかった。勢力を延ばしているのではない。川柳というものを知ってほしいだけである。「柳都」という小さなことではなく、「川柳」というスケールで受け止めて欲しいのである。

私は、幸運にもすばらしい師に恵まれた。いま考えてみると、はじめに師を持たなかったことがよかったのかも知れない。

二十三歳で川上三太郎、三十一歳のときに白石朝太郎に出会った。そして初対面のお二人に衝撃的な何かを感じたのである。

その何かを求めながら私は走りつづけた。六十余年という歴史を作った。常に「新しい自分」を求めつづけた。

ことしも私は川柳の行動のなかでそれを求めつづけていきたい。

## 作家論・作品論へ拍手

2010-02

新潟・十日町市の西郷かの女さんから「私の所属しております『新思潮』が、作家論の特集を一〇〇号記念に組みました。ご笑覧ください」と同誌が送られてきた。編集発行人の岡田俊介が巻頭言を書いている。

「平成五年七月に創刊された新思潮が、一六年の歳月を経て一〇〇号を発行することができた。現代川柳の柳誌は短命なものが多く、一〇〇号を数えることはめずらしい。—中略—かつてヴェールに包まれていたようでもある『現代川柳』の活動をおぼろげながらも書き残すことができたと思っている。さらに片柳哲郎に戦後昭和二〇年代〜四〇年代の現代川柳の動きをレビューしてもらった。いずれも現代川柳の歴史の証となるであろうと自負している。―後略―」

私はむさぼるように八十二ページの『新思潮』を読破した。そして大きな感動をおぼえた。いまの川柳界が触れようともしない作家論、作品鑑賞が満載、私が尊敬している中村冨二、大山竹二、今井鴨平、河野春三、泉淳夫、片柳哲郎らを、山崎蒼平、谷幹男、梅村暦郎、矢本大雪、岡田俊介、古谷恭一らが熱くペンを走らせている。

これは論争や議論のない、いまの川柳界へのひとつの警鐘とも思えてならない。

また雑詠欄に柳都の進藤一車、松井文子、鮎貝竹生らが参加しており心強く感じた。

ことしの日本の川柳界に何らかの変化が出て来ることを期待する。

# 川柳は怖いもの

2010-03

六十年余りつづけて「柳都」を発行していると、妙に昔の書いた文章に興味が湧くものである。

私の幼稚さが、いまの私にとってとても新鮮に映ったり、一種の驚きのようなものを体験する。

それは、書いた頃には気づかなかったものが、いまの私に分かるからであろう。

いまは少しずるくなったようでもあり、深みが出て来たようでもある。そんな気持ちで昔の「柳都」に目を通している。

昭和三十年代の半ば頃、〝門外漢の目〟という欄で、川柳以外の方々から執筆して貰った。その中で同じ会社の事務所に働いていた曽我東平さんの次の文章に大きな共鳴と感動を受けた。その一部を紹介してみよう。

『川柳はちょうど、禅僧がパーンと叩いて、スタスタと歩く。

教えるとか、教えないとかではなく、パンと叩いて正気に省らせる。これに似たものを僕は感じているのだが、少なくとも川柳にはおべんちゃらは通じない。とことんまで、ぎりぎりまで入り込まねばならない。本当に怖いくらいだ。川柳は怖いものなんだなあ。』

最近、私はよく〝川柳の怖さ〟を口にしている。五十年も前に門外漢の立場でこのような発言があったことは驚きである。

2010-04

## 残す言葉

一九九九年十一月に〝二十世紀に残す〟として井上ひさしの次のことばがある。

むずかしいことを／やさしく書く
やさしいことを／ふかく書く

ふかいことを／ゆかいに書く
ゆかいなことを／まじめに書く

やがて迎える二十一世紀に向けて、二十世紀に残しておきたいことばという。

やはり凄い人だと思った。普通であれば二十一世紀を迎える言葉とするであろう。

それを〝残すことば〟と表現するのはやはり凄い。

この「やさしく」「ふかく」「ゆかいに」「まじめに」はそっくり川柳に通じることばであることを申し上げたい。

そして、これからの川柳とは、それらの周辺にあるように思う。

2010-05

## 再び井上ひさしの言葉

先月号の巻頭言で、井上ひさしの二十世紀に残す言葉を書いた。

それから間もなく井上ひさしの他界の報が流れ、私は大きな縁のようなものを感じている。あの短い言葉は、今も川柳界への警告のように受け止めている。

と同時にもうひとつの井上ひさしの言葉を思い出した。

それは数年前、井上ひさしが日本ペンクラブ会長のとき、数学者でありエッセイストの藤原政彦を招いて〝数学者の国語論〟が話された。その一つは〝美の存在〟、二つには〝ひざまずく心〟そして三つめに〝精神性を尊ぶ〟ということ。別の言葉で表現すれば〝役に立たないことを尊ぶ〟これがあるかないかであると。

この講演のあとに会長としてお礼の辞で「胸がすーっとしました。私はずっとものを書いてまいりましたが、あまり役に立っていないなあと思って今日に至っております。つまり、我々の誰かが欠けても、世の中困らないわけですよね。困らないというのは困ったなあとずっと思っていたんですが、今日、藤原先生は、世の中を直接的に変えない、世の中から見れば役に立たないことをやっている私たちの集まりにすごい力を与えて下さった、というふうに僕はそう思いました」と述べた。

私は改めて井上ひさしのこの言葉に酔いしれているこの頃である。

# 日川協と吟社

（社）全日本川柳協会主催の鳥取大会の理事会と総会で私が会長に選ばれました。

皆さんが推してくださったこと、とくに前会長の故今川乱魚さんが「あと、よろしく頼む」と話され、四月十五日に亡くなられましたが、私もこれからの人生で最後のご奉公と思い精一杯の仕事をやらせていただきます。

日川協の仕事はマクロ、「柳都」の仕事はそれに対してミクロだとも言えます。

しかし日川協を構成している約三五〇の吟社（柳都も含めて）は大きさを問わず日本の川柳を背負っている、いわゆる〝実戦部隊〟でもあります。

しかも、それぞれが異なる句風を持ち、違った指導者を頂きに持ち作品の研鑽に励んでおります。まさに〝実戦部隊〟に違いありません。

日川協とは〝実戦部隊〟と違ったもっともっとマクロの世界で川柳を考えるものだとも思います。

2010-07

そして定款に書いてある〝大衆文芸としての川柳の普及向上を図り、もって我が国の文化の発展に寄付する〟を目標に企画、立案、実行すればいいでしょう。

各吟社も自分の足もとを見つめて実戦部隊として具体的な動きをすればいいと思うのです。

私も足もとからじっくりとこの両方の道を静かに歩きはじめます。

2010-08

## 外から教わるもの

今回は、いろいろの人の〝ことば〟を紹介してみよう。

私の家の近くに豪華な歯科医院がある。ときどき治療で割り込ませて貰っているが、待ち時間で広い書棚から本を取り出して楽しくBGMと共に楽しんでいる。この時間が私にとって最高の癒しになる。

何気なく手にした本は、詩人の荒川洋治著で無作為にパッと開いたそこに「本当に思っていることを、うまく書けない文章のほうが、ときには文章としては上である」とあった。そして川柳もそうだと思った。

だいぶ前のことであるが、朝のテレビで中村獅童、中村七之助、市川亀治郎の面々が歌舞伎の世界を語り合っていた。

誰の発言かは忘れたが「その世界だけ知っていて生きられると言われているが、これは危険だ」と言っていた。

そしてはじめて歌舞伎を観る人が、自分達が気づかないところで拍手をする。それがとてもありがたいという。結局は歌舞伎でしかできないものを追求していくことだという。

これも同じく川柳にも言える。

何気なく言ったことばに自分でも驚くことがある。とにかく何でも喋るか、書くかすること、それが大事だと思う。

先日もペンを走らせていてこんなことを書いていた。「他人がやれないことよりも、他人がやらないことを自分で取り組むことにしよう」と。ことばってとてもおもしろいものである。

# 叱咤のことば

2010-10

私の大好きな小林桂樹さんが亡くなられた。残念至極である。

元来、私はペーソスが漂う人に惹かれるらしい。俳優では宇野重吉、森繁久弥、志村喬、さらに藤田まこと、渥美清、そして小林桂樹らである。三國連太郎も大好きだ。人生の深さを味わった人たちとも言える。

ふっと思い出したが、一年くらい前だと思う。テレビで中井貴一がインタビューを受けたとき、小林桂樹のことに触れていた。自分にとって大切な大先輩の小林桂樹がこう話したという。

「世の中の八〇パーセントを占めるサラリーマンこそ、おまえの命をかけてやる目標だ」と。

しかも、「それがおまえの王道だ」と語気激しく言ってくれたという。

おそらく中井貴一がサラリーマン役を与えられて、抵抗を感じた話題のときかと思う。

この小林桂樹の激しいことばを聞いたとき、私は嬉しかった。本当に感動した。あたかも私自身が叱られているような気にもなった。

ときどき、私自身への叱咤のようなことばと出会う。ありがたいことである。

2010-11

## 選の重さと怖さ

今回の『川柳マガジン』の現代川柳時評は、「選をすることで育てられた」というテーマで書いた。

昭和二十三年九月に、阿達義雄先生から「あなたがやりなさい」と言われて、主幹の座と雑詠の選を与えられた。

作句力ではみんなと同じ私が選者になった。力不足を補うモノが何もなかった。ただ会員の川柳の選をするその中でするしかなかった。

それが六十二年つづいて、今の選句力が生まれたと言える。だからこそ選の重さと怖さを身につけた。

選とは厳しいものだと腹の底から思った。

選句力というものは経験だけでは生まれない。一番大事なのは「選句は怖いもの」だと自覚することだ。

いま、私は改めて阿達義雄先生の「あなたがやりなさい」に感謝するだけである。

無職と書いてわかったことがある
漫画の価値を知らぬ爺ちゃん

2010-12

## すばらしい一日を

第二十五回国民文化祭おかやま二〇一〇で〝いつでもだれでも5・7・5―くらしの中に川柳を―〟をスローガンに、平成二十二年十月三十一日(日)、岡山県久米南町立久米南中学校で、国文祭川柳大会が開かれた。

岡山市から車で一時間はかかる人口五〇〇〇人前後の町である。

そこに集まった川柳家は驚くなかれ八七〇名であった。

会場は同中学校の体育館、私たち役員や選者は前日、当日は岡山市内のホテルに宿泊、すべてシャトルバスで二往復、普通であれば苦情も出るところ実にスムーズに三日間を過ごすことができた。

丸山弓削平さんが創設された弓削川柳社、六十年以上の歴史と伝統を持ち、一丸となってこの大きな行事をやってのけた。

町には川柳公園と称し二八四基の川柳句碑があり、いまや日本で唯ひとつの川柳の里である。

大会前日に故今川乱魚さんの句碑の除幕式が、今回の選者をはじめ四十余名参加で行なわれた。

大会当日は、同校中学生が一列に並んでわれわれを歓迎してくれ、高校生が茶の席まで用意してくれ、参加者をなごませてくれた。

中学校の不便さを、あたたかい歓迎のムードでフォローし、みんな笑顔の一日であった。

大会運営も見事の一語に尽きた。予定通りの閉会の時間で終了した。

ジュニア、一般の受賞式も代理を含めて殆ど全員が揃い、壇上で記念撮影までも行なった。

川柳大会のマンネリ、あり方、その価値などなどに大きな実績を残した。

私も主催側の一人として文化庁、県などの来賓の方々と語る機会を得て、貴重な意見交換で川柳という文芸を少しでも理解していただけたと思う。

改めて弓削川柳社並びに久米南町実行委員会の皆さんにお礼と感謝を申し上げたい。

2011-02

## 距離を置くとは

いま、私は大野風太郎とＦＭ新津で毎週二十分番組の〝柳都川柳ヒストリア〟を担当している。

その理由のひとつは、柳都川柳社六十余年の歴史をことばとして残したいからである。まだ始めて四、五カ月であるので、どこへ行くのか果てしはないが、とにかく二人の思い出を語り合っている。

柳都が創刊されたとき、私は二十歳、風太郎が十歳だった。まだ小学生の風太郎はその頃風の子と名のっていたが、一、二年後、家の二階で小句会を開くようになり、その席に加わったものの、途中で私の母(明治十六年生)が、必ず一階へ降ろした。それは子供は早く寝ろということだった。

風太郎はいまでは七十二歳、少々もの忘れの齢になったが、不思議と私よりも昔のことを記憶している。

彼は、川上三太郎、岸本水府、さらに前田雀郎、白石朝太郎らに可愛がられた。それは、私が柳都主幹だったこともあり、私と違った可愛がられ方だったと思う。

いま、静かに考えてみると、その大家たちは常に私との距離を置いていた。その距離を私は私なりにありがたかったと思うようになった。

私もいま、同人や会員たちとの距離を常に考えるようになった。それは上下の距離でなく、まさに横の距離である。

いま新しい試みとして〝川柳の怖さ〟を追求しているが、その距離というものその怖さのひとつではなかろうか。

2011-03

## ここにもこんな川柳が

大阪のY・Tさんから小さな川柳句集が送られてきた。某新聞で紹介された記事を読み感動し、娘さんたちから本屋を探して貰いようやく手にした中の一冊だという。どうしても私に読んで欲しい一念からと付記されていた。

句集は『ホームレス川柳・路上のうた』とあった。五名のホームレスの作品集で、第一部は〝ホームレスの四季〟、第二部は〝ホームレスを生きる〟となっている。

そこには、いま私が探し求めていた川柳があった。

私の目に飛び込んで来た川柳は「花びらの押し花作るダンボール」「水道水今の気温が飲

み頃か」「入る墓ないから百まで生きよかな」「鰯雲網で焼いたら食えるかな」「軒下で寝てる自分も雪化粧」などなど。

さらに「北の風このままいると北枕」や「野良猫が俺より先に餌い猫に」、そして「盆が来る俺は実家で仏様」までくると、もうバンザイしての降参である。

巻末に作家の星野智幸さんが『ようこそ路上のお茶席へ』という見出しで、次のように解説している。

「何が楽しいといって、路上の価値観にまみれていくうちに、自分が当然だ普通だと思っていた価値観が揺らいでくるのがたまらない。その瞬間、私は書いた人たちと同じ地平に立っている。(中略)路上生活者とそうでない者という、普段なら分断されている者同士を、言葉でつないでしまうお茶席に参加したのだから」と。

# VII

# 川柳は怖い

## 川柳でしか詠めないもの、
## 川柳だから詠むべきもの

2011-04

## 目をそらしてはいけない

このたびの東北地方太平洋沖地震により被災されたみなさまに、謹んでお見舞い申し上げます。

突然のマグニチュード9.0という世界でも最大と言われる地震と津波、さらに加えて東京電力福島原子力発電所の破損による放射能流出などなど、広大な地域に亘る被災は、今でも日日広がっている現状であります。

私たち川柳家の被災も大きく、現在でも連絡のつかぬ地域の方々もおられます。いまはただご無事を祈るしかありません。

わが新潟県も多くの被災者を受け入れる態勢を進め、個人的な受け入れボランティアも急増しております。そこに見えるのは人間同士の愛しかありません。

川柳とは人間を詠うものです。その喜・怒・哀・楽を追求しながら表現するものです。しかもリアルに詠む——これが川柳の原点でもありパワーでもあります。

川柳でしか詠めないもの、川柳だから詠むべきものをこれから求めていけば、新しい川柳の世界が開けてくると信じております。

天災は、川柳に大きな課題を与えたと私は思っております。

いまこそ日本がひとつになって動き出しましょう。

2011-05

## 復興と祈りを

東日本大震災以後、情報が日々変わり、数日経つと役に立たなくなる場合もある。
この原稿は五月号ぎりぎりの四月二十五日の朝に書いたものである。
さて、二十三日に（社）全日本川柳協会から今年の日川協仙台大会開催についての葉書が届いた。そこには
「仙台大会の開催について検討を重ねた結果、当初の予定通り、六月十二日（日）に開催させていただくことになりました。

なお、前夜祭会場が都合により変更となっております（註・勝山館）。地元仙台実行委員会の努力に報いるため、また、被災地で頑張っている多くの方々を励ますためにもご参加をいただき、〝川柳〟の力で元気になりましょう」とある。

経過を述べると長くなので省略させていただくが、いろいろ議論をした結果である。

地元仙台の雫石隆子大会実行委員長を囲む仙台集団の結束と情熱、川柳への思いがこの結果を生んだ。大きな拍手を送るだけでなく当日の大きな成果を目ざして私も行動したい。

大会テーマは『復興と祈り』という。今までにないすばらしい大会にしようではないか。

# 六月一日という日



昭和四十九年六月一日は、わが師白石朝太郎の命日である。そのたびに師としての先生を想う。

本当に凄い師であった。厳しい先生だった。特に人を視る眼力は恐ろしいほどだった。そして寡黙な先生だった。

私は昭和二十四年一月に川柳誌『柳都』を発行した。無我夢中だった。そして二年後の二十六年四月に川上三太郎と出会った。三太郎のふところの深さに吸い込まれ、三太郎のてのひらに乗ってスタートしたと言ってよい。

そして八年後の昭和三十四年の東北川柳大会で選者として招かれた白石朝太郎と出会った。朝太郎の眼に私がどう映ったかは知らないが、はがきで二、三行のお便りを頂き、その二年後の東北川柳大会で再び選者として初めて言葉を交わした。

それから三太郎の陽と、朝太郎の陰の魅力で私は育てられた。

弟子というのは、師のすべてに感動するものである。私はこの異質の両先生から人間として育てられたと言ってよい。

私は川柳という世界で、人間としての生き方を学んだ。六月一日が来ると白石朝太郎の微笑むお顔が見える。そのご恩返しをしなければならない。そう心に固く決めている。

2011-07

## 感謝とお礼

第三十五回全日本川柳二〇一一年仙台大会が六二五名の参加者を得て、杜の都仙台で見事開催された。

地元仙台の川柳作家たちが、悲惨な環境の中でひとつになり、この大事業を成し遂げたのである。

開催までの期間で、多くの人たちの反対を押し切ってのことだった。並並ならぬ決意を実行に移したのは開催地の自信と結束と言える。私も先頭に立って応援した。

そして忘れてはならないのは、地元の県や市、そして河北新報社の後押しはもちろんのこと、なによりも全国から仙台に集まってくれた多くの川柳家に感謝しなければならない。

例年であれば川柳と観光の二本立てで進められてきたが、今回ばかりは川柳一本の参加と言える。これが大会場を埋めつくした。私はよく川柳の凄さとか、強さを言いつづけてきたが、今回こそそれを改めて再確認できた。

私は、体調もよくなく前日の前夜祭の挨拶や表彰のときには包帯を首に巻き、ネクタイも締めずに、見苦しい姿だった。さすがに翌日は無理をしてネクタイを締めて壇上にたった。

そして、雫石隆子大会実行委員長を囲む委員の皆さんにお礼を申し上げ、集まっていただいた全国の皆さんひとりひとりと握手してお礼を申し上げたいと頭を下げた。

〝復興と祈り〟のテーマ通り、私たちは川柳という文芸で復興を進め、祈りつづけたいものである。

天は川柳に大きな大きなプレゼントをして下さった。そんな気がしてならない。

## 消費者川柳を審査して

2011-08

ことしも新潟県消費者協会で、〝消費者川柳コンテスト〟を募集し、私が例年にならって選を担当した。

今回は全国から八八三句集まり、同会会長と副会長が一次選をし、最終的に私が入選作品を決めた。

選を担当して〝消費〟がいかにいまの日本に大切であると痛感し、いまこそ物の消費を真剣に考える時代になったと思った。

ことしの最優秀作品は「エコすれば気付く地球の息づかい／佐賀・古賀由美子」に決めた。地球の息づかいに気付く作者を評価したい。優秀作品には「買うときに産地を想い子を思う／新潟・根津淳子」「必要と欲しい仕分けを考える／三重・西川秀幸」更に「初孫の誕生消費者の仲間入り／仙台・高野善造」などなどで、高野善造さんはわざわざ仙台から駈けつけてくださった。

川柳とは人の心を癒し、人に勇気を与えるものだと改めて思った。

当日わずかの時間であったが、川柳とは人間の喜・怒・哀・楽のひとつを五七五で正直に表現するもので皆さんも今からすぐにも川柳を作ってみませんか――と申し上げた。

ひとりひとりが自分の暮らしを五七五で表現すれば、即消費者川柳になるとも思った。

そして嬉しいことに消費者力をアップしようとする動きが当日の会場に充満していることを確認できた。

なによりも広い会場がいっぱいになったことが最大の喜びであった。

2011-10

## 川柳に夢を

新潟県村上市下新保の島田志津さんのお宅では『アートギャラリー団欒』を開設、多くの人たちが見学に訪ねている。

島田志津さんの川柳こけしは名物のひとつとして新潟市のふるさと村や、村上市山北の道の駅夕日会館などで販売されている。

このアートギャラリー団欒を訪ねると、玄関脇の塀や玄関先、更にギャラリーの各所に、大野風柳の川柳を飾り、味噌樽や看板、杉の木などにも書かれてあり、訪ねる人を喜ばせている。

また志津さんのご主人の絵画や、元朝日村村長中山竹径氏のすばらしい書などもある。

川柳こけしは、すでに柳都全国大会の大会の飾りものとして多くの人の目を喜ばせている。これはまずこけしの胴のところに私の川柳を書き、それに似合う顔を島田志津さんが画く、この絶妙なコンビはますます芸を深めてきている。

川柳との合体によりなんとも言えない、あたたかなものを作り上げている。

書と川柳、絵と川柳、花と川柳、お茶と川柳、さらに音楽と川柳、踊りと川柳、そんな夢を与えてくれるギャラリーである。ぜひ訪ねてみて欲しいと思う。

そして私は川柳が日本の芸道としても実っていくことを夢見ている。

# ことしに感謝し来年を迎える



ことしもやがて終わりとなる。いまここにあらためて振り返ってみると、六月十一、十二日の全日本川柳大会を仙台で開いたことが印象に残っている。

大震災と福島原発の放射能問題の最中で六二五名という参加者を得て、大会と懇親会は緊張の中にも温かさが会場いっぱいに広がった。

私は大会の責任者としてその開催是否の決断に迷っていた。そして八月七日の七夕祭と同時に開くことを心に決めていた。

ところが八月の宿泊の問題が飛び出し、予定通りの六月十二日に仙台の地元もそう決めざるを得なかった。

相田みつをのことばに『そのとき　どう動く』がある。私は決断した。そして六月十二日開催を東京と大阪の常幹会で訴えた。

その私よりも諸に被災された仙台地元の大会実行委員の決断は、それ以上に大きかったと思う。

北から南から全国の川柳家もそれに応えて参加し、実に熱い熱い大会となった。私もこの大会から大きな教訓を得たことを感謝している。雫石隆子大会実行委員長はじめ委員の方々に再度お礼を申し上げたい。

やはり川柳は強者の文芸だと再確認した。来年は私の「辰どし」である。今年に感謝し来年を迎えよう。

2012-03

## 甲信越の交流を深めよう

二月十二日（日）に私は初めて山梨県立文学館で川柳の講演を依頼された。ちょうど二月十日は全日本川柳協会の理事会と総会のため上京していた。十一日は千葉で娘と孫（既に結婚）と過ごし、疲れを癒して十二日の朝に山梨へと向かった。

実は新潟から見て、山梨県の川柳の動きが見えないのである。少ない情報ながら活動が見える県と見えない県がある。また甲信越というブロックもあり、今後これを機として交流を深めたいと思う。

講演のテーマは〝川柳ひとすじ〟とした。私の六十余年の体験を話し、私の師である川上三太郎と白石朝太郎を語りながら、真の教えというものに触れた。

質問の時間には多くの方々から具体的な内容が出され、私は歯切れよくイエス・ノーで答えるよう心掛けた。百余名の方々が実に真面目に聞いてくれて、大変ありがたかった。

話をしていて気づいたことがあった。それは六十余年間の私の川柳観に全くブレが無いということだった。六十年前も、三十年前も、十年前もいまと全く同じということである。

それは自分にとって最高の幸せと言える。そして川柳は人間を詠むものだからそうだと思った。つまり断定をした話で成功したと思う。

山梨県川柳協会会長・中沢久仁夫さんはじめお集まりの皆さんに、親愛感を深めながらその日の夜遅く新潟駅に着いた。雪が多く積もっていても心地良かった。

# 空襲語り部・七里アイ

2012-04

私の義姉である七里アイ（故七里悌二の妻）が三月十五日の夜に亡くなった。あまりの突然の報に驚いたが、昨年から胃ガンの宣告を受けていたという。

三月十八日の葬儀には映画『この空の花—長岡花火物語』の監督大林宣彦夫妻も参列された。というのは、この映画にある昭和二十年八月一日の長岡空襲で多くの死者が出たが、七里アイの長女美智子がその中のひとりとして亡くなったのである。わずか一年半の生涯を母の腕の中で閉じたのであった。

この悲惨な事実を七里アイは語り部として県内を回り、とくに小中学生にも戦争の記憶が風化してはいけないと訴えつづけた。私は一度もその語り部を聞くことがなかったことを後悔している。

映画『この空の花』は、四月七日から長岡と新潟で封切られるが、この映画で七里アイを演じた富司純子さんには直接方言指導し、また自宅をロケ現場として提供したという。

一生を通じて(株)七里商店を支えつづけ、晩年はボランティアの語り部として世の中に戦火の悲惨さと、母と子を通しての人間愛を訴えつづけた七里アイに改めて尊敬と追慕の念を表したい。弔句として

語り部が終った　誰ァれも帰らない　大野風柳

を大林監督の前で語ることができて私としてはありがたく、嬉しかった。合掌。

2012-05

## 素直な人間学を

日野原重明先生が昨年秋で満百歳になられた。まことにおめでとうございます。先生とは縁あって新老人の会報に川柳欄をつくっていただき、その選者を務めさせていただいている。この欄には全国各地から多数の川柳作品が寄せられ、殆ど新人であるにもかかわらずそれらの作品は、上手下手とは別に実に真面目であることに驚いている。やはり生き方が秀れていると作品までそうなるものだと、しみじみ考えさせられる。

日野原先生のことばは、われわれ川柳家にとっても傾聴に値する。

「いつでも若い時代に戻れるのは、そのときに心に残ることをやって来たからだ」

「人間というのは外なる自分よりも、内なる自分の中に蓄積してきたものが大切だということを感じている」

「人は生まれつきに備わったものだけでなく、未知なるものがあって、その未知なるものを開発していくことができる」

　さらにこうおっしゃっている。

「歳を重ねるごとに自分に投資できる時間が増えています。それは誰に邂逅するかどのようなものに出会うかによって拓かれます。新しい友を意識的に探し、出会いを大切に、しかもその中に若い人を抱き込むことを積極的にやっていくことです」

「若い人たちと交うスキルを持つ。私自身は新しいことに挑戦して学び乍らそこでよりよい生き方を実験しています」

　ここには知識や学問ではない素直な人間学を説いておられると思う。

# 一冊の詩集で

2012-06

第二十七回詩歌文学館賞贈賞式が五月二十六日（土）十五時から日本現代詩歌文学館で行なわれた。

私は同館振興会常任理事であり、毎年この贈賞式に参加している。そして詩、短歌、俳句の受賞者選考過程並に受賞者のことばを直接聞きながら、三部門の文芸の流れを掴むようにしている。

今回も参加し、六月号印刷直前の原稿として車中でまとめた次第である。

この賞は井上靖初代館長の創意によって設けられ二十七回を数える。今回の受賞者は詩部門の須藤洋平、短歌部門佐藤通雅、俳句部門宇田喜代子の皆さんで、詩部門の須藤洋平さんは一九七七年生まれ、小学四年生頃から複雑なチックを主症状とするトゥレット症候群、さまざまな合併症との闘病で苦しみ、谷川俊太郎、辻征夫などの影響を受け八年ほど前から詩を読み書き始めたという。

当日の販売所で私は受賞の詩集『あなたが最期の最期まで生きようと、むき出しで立ち向かったから』を購入して、その一ページ一ページに感動した。昨年の東日本大震災の地からの聖水のように透明な詩だと選考委員は語る。

いずれ詳しく紹介したいと思うが、詩集というよりもひとつの叫びのような激しさと、哀しさのことばで書かれている。

私は帰路北上から新潟までの車中読みふけった。そしてこの原稿を書きながらふっと窓の外の新緑を見て、なぜかホッとした。それはことばで表現できない無責任のような安堵感でもあった。

ことしの贈賞式は私にとって重く深かった。

# 川柳の新しい出発点



第九回大野風柳賞作品が決まった。その作品を先月号に発表し、表彰を七月一日の柳都全国川柳大会席上で行なうことになっている。

今年は二五〇名を越える参加者を得た。そして最も多かったことを素直に喜んでいる。以前から川柳作品を対象にした賞があってよいと思っていた。しかも審査を一人として、審査をする人の川柳観をはっきりさせる必要を考えた挙句のことであった。

いまの川柳界での表彰は、数人の川柳家が集まって、数人の合意で行なわれている。決してこれを否定はしないが、そろそろ個人の力で賞を決めることの必要を感じたからである。

去る五月二十六日に開かれた「詩歌文学館賞贈賞式」に出席して、詩、短歌、俳句の世界では、詩集、歌集、句集(俳句)の多いことを知った。川柳の世界では、あまりにも句集の出版が少なく、川柳家同士での妙な遠慮が社会的認知を遅らせていると気づいた。

さらに現在の川柳社の体質に、文芸集団というより仲良しグループの傾向が見え、吟社やグループの中に指導者が埋没してしまってはいないだろうか。

はっきり言えば、川柳社の中に指導者が見えてこない現状だということである。

私はいまそれを真剣に考えている。

## 一本のテープ

2012-08

いま、私の目の前に一本のテープがある。箱に入っていたがその箱はボロボロ、テープ自体も古く手垢で汚れている。そこには「にんげんだもの」相田みつを、そして朗読大坂志郎と書かれている。〝優しい心は易しい言葉で伝えたい〟とあり、相田みつをの著書が印刷されている。

久しぶり、二十年ぶりだった。そしてその一本のテープの思い出がふつふつと溢れてきた。

平成に入って私はこの一本のテープを持って企業や団体の人間教育に出廻った。なるべく学問的や専門的なことを避け、この相田みつをのことばを、決して力まず静かに訴える大坂志郎の朗読を聴いて欲しかった。ときにはテープレコーダーも持参したりした。とにかく一人でも多くの人に聴いて欲しかった。

その頃から私の講演の中には、必ず相田みつをのことばがあった。

人間を詠む文芸である川柳に、この相田みつをのことばが抵抗なく入り込んでいったのは当然である。

「自分が自分になるところ」「一生感動・一生青春」「雨の日には雨の中を、風の日には風の中を」などなどは川柳そのものであったし、力まず自然体で自分を大切に、自分には厳しく生きる精神が、川柳にピッタリと合う。

これからも相田みつをの世界を探っていきたいと思っている。

最期に私が感動した〝ことば〟を紹介しよう。それは「墨の気嫌のいいうちに書く」である。

# 自分のために書いておく

2012-10

私は九月二十三日の三条市民川柳大会で『せんりゅう・いろいろ』というテーマで川柳トークを行なった。

過去、いろいろなテーマで川柳を語ってきたが、今回は何でも話せる『せんりゅう・いろいろ』とした。

いつも新しい話をしようと思いながら、ついつい同じようなものになってしまう。しかし今回のテーマで話し終わってひとつの満足感を持てた。

話の内容は、五年前に逝くなった阿久悠に触れ、彼の明言や生き方を語った。そして私が執筆を続けている『川柳マガジン』と、その前身の『オール川柳』の現代川柳時評に触れながら、私の著書『うめぼし柳談』『川柳よ、変わりなさい！』『川柳を、はじめなさい！』の私が書いた〝はじめに〟と〝あとがき〟を読みあげて、いまの私の心情を語った。

話し終わって、私はスーッと力が抜け、心地よい瞬間を味わった。

自分の書いたものを読んで、こんなに満足できた経験は初めてであった。

そして、一番大事なのは、文字として残しておく、この大切さを改めて確信できた。

これからも思っていることを正直に、そのまま文字として残すことを誓った。

2012-11

## 驚くべき企画

「川柳マガジン」の前身の「オール川柳」の創刊号からずっと揃えてあるが、先日その中の一冊を取り出してみた。

それは創刊から数えて三十五冊目、つまり平成十年十一月号である。その表紙には〝永久保存版・著名文人五十人の川柳列伝〟とあり、中を開いて読んでみると、驚くなかれ芥川龍之介から始まってサトウハチローまで、なんと五十人の文人が川柳のことを書いている。

いや文人が書いたのではなく、それぞれの発言を整理をして書いたものである。見出しとして発言のひとつを掲載。その一部を紹介してみよう。

・川柳もいつかファウストの前を通る。（芥川龍之介）
・「かるみ」とは断じて軽薄とは違う。（太宰治）
・俳句は川柳まで後退する必要はない。（寺山修司）
・川柳は俳句より八百倍もむずかしい。（内田百閒）
・川柳が非芸術という壁を、僕らで破ろう。（吉川英治）
・川柳は人生の裏側から真理を追究したもの。（葛飾北斎）
・川柳作家・吉川英治への川柳論!?（菊池寛）
・無季俳句は川柳の後塵を拝するもの。（高浜虚子）
・永遠の川柳ファンとして…。（古川ロッパ）
・「川柳を大切に」と川柳の詩を発信。（サトウハチロー）
・どんな人情本も川柳には敵わない。（麻生磯次）

その他、永井荷風、山口瞳、岡本一平、久保田万太郎、野村胡堂、坪内逍遥、食満南北、里見弴、藤沢桓夫、渋沢秀雄、小島政二郎その他、目を見張るほどの文人たち五十名が参加している。三三六ページの豪華さである。

# 充実した十一月



十一月は有意義な一カ月だった。菊薫る秋、心ゆくまで文化を味わった一カ月であった。

十一月十日、新津美術館で〝にいがた文化の過去・現在・未来〟のインタビューにおいて文芸評論家の若月忠信さんと楽しい二時間を過ごし、いままで触れたことのない、私の父母について語ることができた。

十一日には上京、尾藤一泉さんら十余名の川柳家と、平成二十七年の柳多留二五〇年の記念行事について話し合い、翌十二日に東京目黒雅叙園で開かれた今年の〝いい夫婦パートナーオブザイヤー2012〟に参加、全国から応募された〝いい夫婦の川柳〟の最優秀句「ときどきは洗濯してる赤い糸・佐々木民世」の短評、更に総評を行なった。私にとって六回目の選ではじめての出席だった。

十七日から十九日まで、今年の国民文化祭徳島大会に出席、主催者としての挨拶、二次選では竹本瓢太郎、大木俊秀、河内天笑、住田英比古さんらと作品評で激論を交わした。

十一月二十五日は柳都文化祭川柳大会を新津で開催、大野蕗子賞の表彰、川柳ルーム大賞の表彰、さらに玉井たけしの句集『片時雨』の出版を祝い合った。この大会でも来年の柳都六十五周年への成功を全員で誓い合った。

正直言って疲れた。しかし私がいま進めなければならないものが、私を一層元気になる原点となっている。自省しながらがんばります。

2013-02

## これからのこと

私の机から手の届くところに、いつも現代川柳『新思潮』の№一〇〇号がある。二〇一〇年一月号。これは岡田俊介が発行人となり、まさに宝石のような存在で常に私を刺激してくれる。

その巻頭言に岡田俊介はこう書いている。「平成五年七月に創刊された新思潮が、十六年半の歳月を経て一〇〇号を発行することができた。現代川柳の柳誌は短命なものが多く、一〇〇号を数えることはめずらしい。（中略）半世紀も前の昭和三十二年に結成された現代川柳作家連盟に馳せ参じた多様な作家達は、挙って川柳を新しくするという使命感と熱意をもっていた。その中心を歩き、詩川柳、現代川柳と活動してきた片柳哲郎によって創刊された『新思潮』は、まさしく現代川柳の一翼を担う存在であり、脈々と川柳を新しくするという精神を引き継いできている。（中略）今後いかに作品傾向の変遷を見ようとも〝こころのふるえ〟の伝わる作品を志向したいものだ。現代川柳の流れを汲む者として、少なくとも自己の川柳作品の改革はいつもこころがけるべき課題と思う。例え、少しずつであっても前へ進みたい。熱きものを形にするために。」

これは筆者岡田俊介の巻頭言の一部である。

いま、私は（社）全日本川柳協会会長として何をすべきか――を真剣に考えている。半世紀前、私も幼稚ながら何をかを求めて突っ走ったものである。

しかし、いまはいまのやり方がある。しばらくこのページを使って私の考えを発表していきたいと思う。

## わたしがわたしになる

2013-04

積んである書籍の中から無作為に一冊を取り出した。それは『川柳一言葉／つぶやき』（平成三年五月刊）で、川柳はつかりの表紙内側に掲載された高田寄生木、佐藤正敏、大野風柳、佐藤良子、ちば東北子らの〝つぶやき〟を纏めたものだった。その中からの私の〝つぶやき〟を紹介しよう。

※「あなたは川柳をなぜ書いているのか？」という問いに「私は…」と答えられる川柳家であって欲しい。たとえそれが楽しいからでも、遊びであってもよい。それがあなたの正解だからである。

※柳都四十周年の大会も無事終わった。私は大会の前夜遅くまでかけて、挨拶のことばを全面的に書き替えた。それはその夜、同人某の提言があったからである。「四十年なんてたいしたことではない。小さな通過駅のようなもの、主幹はこれから先を述べて欲しい」と。私は素直にそれに従った。

※不覚にも再入院、再手術と言われた。その手術直前の八月二十五・六日に瀬波しおざい荘で、新潟市異業種交流研究会の管理者研修を、私ひとりで担当した。朝早く起きて十数年ぶりに全員で砂浜を素足で歩いた。足の裏に冷やかな砂の感触を味わい、昨年の手術で二カ月間動けず、そのときに「何も考えない、何も行動しないことが充電だ」と気付いたことを思い出した。日頃仕事に追われている彼らに、ただ海を見る、砂浜を歩く時間をつくってあげようと。これが最高の教育だということを。

※「わたしが感動した本です」と、松戸に居る娘から一冊の本が届いた。書家の相田みつを著「雨の日には／雨の中を。風の日には／風の中を」というA４判変形六十七ページの本である。その中に〝どうころんでも／おのれのかお〟〝自分が自分にならないで／だれが自分になる〟があった。どの世界も究極はひとつだと知った。

# あとがき

「はじめがき」にも触れたが、この川柳時評を書きつづけてきて、少しは日本の川柳界にお役に立つことができたのではないかと、素直に思う。

毎月ペンを持ち、締切りぎりぎりに原稿用紙と向かい合う。

そのため、この一カ月で起こったことをメモするようになったが、時折そのメモが見当たらず、懸命に探している自分が愛しくさえ思うようになった。

川柳界に限らず、時代の変化は大きい。私は私なりの結論を出さないと落ち着かない性格で弱っている。どうせ誰かがやってくれるだろうと思えばいいのに、それができないのである。

しかし、それだから毎月この時評が書けるのかも知れない。この自分が思っていることを文章化する、この時間が私にとって大切な大切な時間と言える。

なお今回は、後半に「柳都」誌の巻頭に書いた文章を特別に加えさせていただいた。少しでも私の川柳観を知っていただければ幸いである。

この本の中で、私は全日本川柳協会の会長に就任した。これは私にとって実に大変なことであることに違いはないが、出来る出来ないに関係なく、むしろ大切なチャンスであると思っている。

私の川柳六十五年の歴史の中で、私は自然に川柳で鍛えられてきたと思う。すばらしい指導者、すばらしい作家との出会いがある。この体験をいまの私の立場で生かさなければならない――と自分に言い聞かせている毎日である。

出来た、出来なかっただけでなく、目に見えない変化を期待しながら、私は正面から川柳に取り組んでいきたい。

そして、ただただ純粋に川柳を楽しんでいる人たちの笑顔や行動が、今の私にとって大きな応援歌となっていることを正直に申し上げておきたい。
今回も新葉館のスタッフにいろいろと助けていただいた。ありがとう。心から新葉館出版の発展を祈る。

平成二十五年七月

大野　風柳

**【著者略歴】**

大野風柳（おおの・ふうりゅう）。

本名・英雄。1928年1月6日、新潟県生まれ。

1948年、20歳で柳都川柳社を創設し主幹となる。その他、一般社団法人全日本川柳協会理事長、『読売新聞』新潟版「越路時事川柳」選者、新老人の会川柳選者、日本現代詩歌文学館振興会常任理事、ＴＶ・ラジオ川柳コーナーパーソナリティなど多数。

編著書に『浄机亭句論集』『浄机亭随想』『鑑賞・川上三太郎単語』1～5集、『句論集・風花』『五七五のこころ』『花る・る・る』『定本 大野風柳句集』『しみじみ川柳』『白石朝太郎の川柳と名言』『うめぼし柳談』『川柳よ、変わりなさい！』『定本 大野風柳の世界』『川柳作家全集 大野風柳』『川柳を、はじめなさい！』。

川柳総合誌『川柳マガジン』に「現代川柳時評」を好評連載中。

2003年、春の叙勲で木杯一組台付を賜与される。


川柳は凄い

○

平成25年7月7日　初版発行

著　者

**大　野　風　柳**

発行人

**松　岡　恭　子**

発行所

**新　葉　館　出　版**

大阪市東成区玉津1丁目9-16 4F 〒537-0023

TEL06-4259-3777 FAX06-4259-3888

http://shinyokan.ne.jp/

印刷所

株式会社アネモネ

○

定価はカバーに表示してあります。





ISBN978-4-86044-491-4